(4)

李来柱 著

七言诗选

李来柱 诗记

中国青年出版社

作者像

自序

诗歌是阐述心灵的文学艺术，它以凝练的语言、绵密的章法、充沛的情感以及丰富的意象来高度集中地表现社会实践生活和人类精神世界。诗歌的要务是教会人们保持清醒，乐观地面对生活，坦然地看待生死，理智地洞察人生。纵观中国历史，众多伟大的诗人光照千古，他们的诗词歌赋就像天空中的明星，映照万里，如先秦的《诗经》《楚辞》，以及汉乐府、唐诗、宋词、元曲，在各个时代都是文学艺术的高峰，形成了独特的美学内蕴，成为世界文学宝库的璀璨明珠。

诗歌不仅是一种高雅的文学艺术，更是思想的砥石，人生的结晶，生命品质中的要素。我的诗歌，写共产主义、党、国家、军队、社会、历史、文化，写农村、城市、工农兵、英烈，写家乡、入伍、入党、作战、学习，写战友、领导、乡亲……这些沾满泥土的小诗，扎根于大地，摇曳在战场，虽不起眼，却与工农兵和人民贴得最近。我热爱在这片土地上生活的人民，经常深入基层走访调研，与人民群众接触，与山河大地接触，与实际问题接触，获取鲜活的气息和营养，不断充电，不断前进。

著书写诗，完全是意料之外的事情。古书里面文臣武将、才子佳人占满了章页，农耕与工者却寥寥无几，这不符合历史。人民是历史的创造者，人民群众是真正的英雄。应为人民群众写书，为革命英烈写书，为党为国为军为千秋大业写书，写面向未来启迪人生的书。著书写诗，一不为权，二不为钱，三不为名，而是作为生活的记录、思想的自勉、精神的乐趣和心灵的自省，无偿向全国各族人民和单位赠书捐书，进行扶贫济困，办希望学校，建爱国工程等等，心底无私，天高地阔。著书写诗是历史的责任和炽热的情感使然。我出生于鲁西北平原的一个贫苦农民家庭，幼年时期目睹和亲历了日本侵略者"三光政策罪滔天"的恶行和"国土沦丧骨肉离"的惨剧。在山河沦陷、民族危亡的关键时刻，义无反顾地走上战场，发出"年仅十二当八路，誓斩敌寇保家园"的呐喊。战争年代，由于环境复杂，敌情多变，养成了适应变化、克服困难、抓紧时间、就地学习、点滴积累、快速写记的习惯，尽量使用简短的句子，记载经历，感知事情。随着文化水平的提高，日积月累由量变到质变，形成了日记式的诗文。所以，我将自己的诗歌称作"诗记"，即诗歌体的日记。这是诗记的独特风格和鲜明特色。后来，诗记伴随着战斗和工作的脚步，一路战斗一路歌，鲁西北平原的抗日烽火，中原大战的九死一生，打过长江去的壮怀激烈，进军大西南的淬炼磨砺，戎州征战的浴血洗礼，挥师渤海抗美援朝、保家卫国的士气，塞外卫国戍边的风雪寒霜，白手起家办军校的精神，大军区岗位的实践开拓，全国人大时的调研立法，离休后的公益服务，这些不仅是人生经历的大熔炉，也是诗歌扬芳吐烈的根土。它是在血洗征尘中熔铸的，是亲历者写成的；是一名亲历者对党、对祖国、对人民、对军队的无比忠诚；是人民群众激发思想和灵感，给予力量，通过诗句来倾吐心中的热血和大爱。

实录学习生活　谱写人生之歌

生命不息，学习不止。读书学习是人生的永恒主题，每时每刻都离不开。在茫茫黑夜中，学习为我拨开迷雾，点亮光明；在人民战争中，学习给我智慧力量，促我愈战愈勇；在和平时期，学习使我心系使命，居安思危。在艰难困苦的岁月里，那颗对知识的渴求之心总在寻找和攫取学习机会。部队行军打仗，学文化就以大地为课堂，以群众为老师，以实践为课本，以膝盖为课桌，把多识一个字当作多捉一个俘虏，把学会一门课当作完成一次战斗任务。向文化大进军中，既当教员又当学员，被评为"一等学习模范"，成为"文化战线上的优秀指挥员"；后来又到第六政治干部学校、第二高级步兵学校、军政大学、中央党校学习深造，成为中国军事科学学会高级研究员、中国作家协会会员，勤读书、勤思考、勤动笔，是养成的学习习惯；学必求深、悟必求透、研必求解、信必求诚、知必求行、用必求果，是自觉的要求。撰写诗记、传记、回忆录、文集、战斗报告、战斗故事、理论专著等数十部，不断向科学文化大进军，不断向文学艺术的高峰攀登。我的诗记有一大部分是记录学习生活的，正如在《论学》一诗中所写："为学之道贵恒勤，潜心铸炼求精深。胸怀理想游学海，心系使命砺终身。实践检验试金石，钢梁能磨绣花针。大浪淘沙竞千古，文章读罢品做人。"写诗就是写自己的心声，写诗需要以丰富的学识、丰厚的底蕴为基础，在不断学习中提高。

反映军旅生活　奏响冲锋战歌

无论是战争年代还是和平时期，我始终同战士朝夕相处、生死与共、情如手足。伟大的战士是对出生入死、英勇无畏、无私奉献革命战友的讴歌和礼赞。军人自有军人的风骨，不畏艰险，勇于奉献；战士自有战士的豪情，熏陶志趣，乐观向上。战场上的革命战士，冲锋号一响个个都是小老虎，猛打、猛冲、猛追，攻如猛虎，守如泰山。能攻能守，不怕顽强对手；勇敢战斗，不怕流血牺牲；善于战斗，不怕敌情多变；有我无敌，不怕虎穴凶险；连续战斗，不怕吃苦耐劳；争取主动，夺取最后胜利。英雄的部队，伟大的战士。战士的生活最有诗意。作为一名革命军人，诗记中没有灯红酒绿的狂歌醉舞，却不乏沙场征途的鼓角号音；没有艳词绮语，却不乏战友亲人的赤胆热肠；没有花前月下的闲情逸致，却不乏幽兰劲竹的气节情操；不事精雕细琢，但求直抒血性，一任真情喷涌。这种真情实感是对革命战争的讴歌，对国家建设发展的感奋，对祖国大好河山的赞美，对伟大革命精神的颂扬。军旅诗词的生命意义在于高擎理想的火炬，奏响冲锋的号角，崇尚爱国主义和英雄主义精神，这也是官兵的呼唤和人民的期许。无论是快乐还是忧伤，无论是豪迈还是婉约，都是用一颗自然而真诚的心与整个世界交流。在血与火的烛照中，人的意志品质和精神境界也随着战斗的脚步和奋进的诗篇一道沉淀净化，浴血升华。革命战士的一生，与党的事业紧密相连，与建设强大的国防和军队息息相关。诗歌，不仅是一个革命军人理想、追求、志趣的宣言，而且通过这一首首诗的长虹，托起了一部英雄部队的光荣史。这对于发扬人民军队优良传统，激励后代继往开来，具有深远的意义。

直面现实生活　唱响心中赞歌

我的诗记，直面生活，为民之事而作，文即所见，从实发感，思而动笔，就地诗成。凡所遇、所知、所见、所闻、所思、所感，只要是具有积极向上意义的东西，尽量用诗写下来，随时随处，兴之所致，酌情动笔，不拘一格，加有注释。我的诗歌，没有奇特的想象，奇怪的情思，有的只是平淡如水，近乎白话的语言，可却喷薄着最直白、最真诚、最炽热的情感。正如诗中所言："我的诗歌／我心中的歌／我生命的歌／不为展示艺术才华／不图表白儿女私情／不求浪漫情调／不喜无病呻吟／不故弄深沉／不追名逐利／讲究直意纯真／我抒发的是／历史的厚重与沉思／我表达的是／对祖国，对人民，对军队，对党的／热爱与忠诚。""研史成诗，凝思为赋"，记事以抒人民之情，告诉人们应当如何看待现实与历史。如果说人生是一首诗的话，那么感悟就是诗的灵魂，诗是生命自身闪耀着的光。"正诚勤志军旅情，朴乐新明民为先"的座右铭，"苦中砺志、学中砺智、责中砺勤、干中砺能、甜中砺节、搏中砺坚"的人生历练，成为生命中最深切的体验，也成为写诗作词的思想内核，深深融入到人生历练之中，逐渐形成了一条汹涌澎湃的情感长河。

创造幸福生活　筑成奉献之歌

什么是生活？生活是指人类为生存而进行的各种活动。生活反映人生的态度，是对人生的一种诠释。不同的人生观，有着不同的人生态度，绘制着各色的人生画卷。富有意义的人生应该想些什么、做些什么呢？国家人民！

为创造人民幸福而奋斗！这不仅是领导者的责任，也应该成为普通公民的追求。作为中华人民共和国公民、中国共产党党员、中国人民解放军军人，公民的义务永远不能丢，入党的誓言永远不能忘，军人誓词永远不能违，全心全意为人民服务的宗旨永远不能变。要以科学的思维，冷静的头脑；战斗的激情，宽广的胸怀；平和的心态，真挚的友谊；无私的关爱，勤奋的劳动；忘我的学习，积极的创新，能动地创造幸福美好的生活。有理想、有目标、有行动、充满人民利益的作为是最美好的生活，是最有意义的生活。战争年代，最高兴的事是打胜仗捉俘虏、穷人得解放做主人；最痛苦的事是战友牺牲、劳苦大众处于水深火热之中。伟大的事业需要伟大的精神，千百年来，中华民族艰苦奋斗、自强不息的精神改变着世间万事万物。在改造客观世界的同时也改造着主观世界，从必然走向自由。诗歌体现的是民族的魂，展示的是中国人的精气神，是民族的，更是世界的。诗歌在我们民族生活中具有极其重要的地位和作用，与中华民族伟大振兴的大业紧密相连。因此，必须以人民为中心，为人民服务，创造属于人民、为了人民、讴歌人民的诗歌，坚持中国特色社会主义文艺的前进方向，努力筑就中华民族伟大振兴时代的文艺高峰，书写中华民族新的史诗。

自 2000 年六本诗记和 2011 年八本诗记出版以来，引起了诗词界的关注，既给予了充分的肯定，又提出了许多宝贵的建议，不少朋友感觉意犹未尽，提出出长诗和短诗的问题。带着社会和友人的重托，这几年我辗转南国北疆进行走访参观，在实践中新创作了一些诗词，汇同以前的旧作形成了这套四卷本《李来柱诗记》：卷一《短诗选》收录短诗 200 首，卷二《长诗选》收录长诗 100 首，卷三《五言诗选》收录五言诗 202 首，卷四《七言诗选》收录七言诗 302 首。四卷本诗记是一个有鲜明内在联系的整体，战争年代部分，主要反映战斗岁月和部队火热战斗生活；和平时期，从部队到地方，从祖国的大江南北到世界各地，随走随写，有感而发。这些都贯穿于人民军队服现役 60 年和人生 80 余年，它们的根基是人民和祖国，有着蓬勃生机，像江河大海一样奔流不息。

希望更多的军旅诗人，扎根于五千年民族文化的深厚沃土，深入社会和军营实践生活，为之高歌，为之拼搏，创作更多的优秀军旅诗词，铸就代表中国军人精神风貌的美学风范，为强军兴军提供强大精神动力，进而成为中华民族伟大振兴的文化先声。

　　谨以此四卷《李来柱诗记》献给为国家和人民作出巨大牺牲和贡献的战友和同志，献给基层官兵和青年朋友，献给祖国的未来和民族的希望，献给伟大的党、伟大的祖国和伟大的社会主义事业，为建设富强、民主、文明、和谐的社会主义、共产主义而努力奋斗！

　　在此，向在整理出版过程中给予大力支持和帮助的单位和同志，表示真挚的感谢。如有不妥之处，存芹之衷，唯愿广求斧正。

目　录

001_ 自序

一、雄师劲旅

002_ 抗美援朝保国家

004_ 建营房

005_ 劳动万岁

007_ 国防施工

008_ 抗洪抢险

009_ 大比武

010_ 边防巡逻

011_ 赤城

013_ 横山铸将

014_ 取经见学

015_ 重任在肩

016_ 部队行

017_ 边疆万里行

018_ 北岳恒山

019_ 燕山

021_ 果园情

022_ 亚运之光

023_ 领奖

025_ 柏各庄农场

026_ 三军仪仗队

028_ 北国利剑

029_ 官兵同乐四海情

030_ 华北平原

032_ 塞上轻骑

033_ 华北地形

035_ 八一军旗高高飘扬

037_ 兴安岭上论边关

039_ 徐州千年四百战

040_ 保定要地保京安

041_ 居庸边塞

043_ 笑看边关唱大风

044_ 京津海门咽喉关

045_ 刘公岛上忆海防

046_ 珍宝岛

047_ 三军将士冲在前

049_ 大阅兵

050_ 纪念建军九十周年

二、参政议政

054_ 人民代表

055_ 黄土高原

057_ 世界屋脊青藏原

059_ 神州北极第一村

060_ 木屋屯

061_ 绿色粮仓黑龙江

062_ 喜迎澳门回归

063_ 乌兰察布土豆

064_ 银河广场

065_ 岐星村

066_ 三访贵州

067_ 水法检查云贵川

068_ 水乡聊城耀东方

069_ 中国气象第一法

071_ 西藏高原路通天

072_ 执法调研万里行

074_ 贺南水北调工程开工

076_ 雁门洞开傲三山

078_ 十省三边四海行

080_ 贺红色旅游线开通

081_ 克拉玛依大油田

082_ 九间棚村

084_ 胜利油田

085_ 黄土高原孕文明

086_ 农耕文化华池源

088_ 北部湾经济区

090_ 抢占高峰富家园

092_ 内蒙古之行

094_ 秀美的广西

096_ 立体交通便交流

098_ 三峡明珠

100_ 大寨精神代代传

101_ 三七

103_ 玉带金珠

105_ 大蒜之都金乡

106_ 大葱王

108_ 清水情系南北方

109_ 草原钢城

三、珍爱和平

112_ 巴基斯坦行

113_ 警钟长鸣

114_ 恶源

115_ 盼救星

116_ 冈比亚班珠尔市

118_ 出访欧亚非三大洲

119_ 日内瓦

121_ 里约热内卢

122_ 巴西里亚城

123_ 看太阳

124_ 欧洲之都比利时

126_ 大公之国卢森堡

127_ 拦海围地数荷兰

129_ 赫尔辛基

132_ 芬兰北极村

133_ 俄罗斯首都莫斯科

135_ 意大利首都罗马

137_ 华沙

139_ 金色布拉格

141_ 斯洛伐克

143_ 音乐之都维也纳

145_ 南斯拉夫

147_ 布莱德湖

148_ 普雷克里日耶别墅

149_ 再访斯洛伐克

151_ 阿塞拜疆

152_ 雅尔塔

154_ 黑色土地乌克兰

156_ 率中国老战士代表团访美

158_ 悉尼全球反独促统大会

159_ 惠灵顿

160_ 新西兰

161_ 走访大洋洲

162_ 纽约

164_ 华尔街

165_ 华盛顿

167_ 旧金山

168_ 布达佩斯

170_ 再访圣彼得堡

171_ 慕尼黑皇家啤酒馆

172_ 慕尼黑新天鹅城堡

173_ 德国

175_ 再访荷兰

177_ 拦海大坝

179_ 再访卢森堡

181_ 袖珍国家摩纳哥

182_ 意大利

184_ 哥本哈根

186_ 跳雪台

188_ 维格朗雕塑公园

四、兰竹风骨

190_ 长寿歌

191_ 中央党校学习

192_ 志在千里

193_ 登九华山

195_ 黄山松

197_ 一大先驱南湖船

199_ 闯关东

200_ 红旗渠

201_ 军旅生涯六十年

202_ 论学

203_ 友谊歌

204_ 读书

205_ 兵书

206_ 书香

207_ 三闯关东历千险

209_ 过二郎山

211_ 泸定桥上忆长征

212_ 大渡河

214_ 金色年华

215_ 铸剑为犁守边关

218_ 金寨县

220_ 红色岳西

222_ 六学《资本论》

227_ 中原大地亮了天

229_ 沂蒙山精神

230_ 三军会师庆长征

231_ 中央红军到吴起

232_ 革命老区陕甘宁

233_ 晋察冀边区中心五台山

236_ 英雄城市南昌

237_ 井冈山精神代代传

238_ 万里长征出发线

240_ 大庆精神领航行

242_ 红军巧渡金沙江

243_ 扎西会议

五、岁月静好

246_ 旺火

249_ 天府之国都江堰

250_ 呼和浩特

251_ 冀中明珠保定

252_ 南海燕窝岛

254_ 热带明珠五指山

256_ 大别山

258_ 南京中华门

260_ 浙江山水鱼米乡

261_ 福建

262_ 登天游峰

264_ 马踏飞燕信息传

267_ 新疆昭苏天马乡

268_ 瓜果吐鲁番

269_ 龙山文化

270_ 绿色海洋长白山

272_ 西岳华山

273_ 东北三省行

275_ 山路

276_ 石头寨

277_ 绿色山城贵阳

278_ 京杭大运河

279_ 山歌

281_ 冰川

283_ 丽江古城

285_ 山水桂林

286_ 洞庭湖

288_ 常德

289_ 土家风情张家界

290_ 石板经

291_ 林海泉城阿尔山

292_ 六盘水

293_ 三叠水

295_ 万波飞舞虎跳峡

296_ 香港

297_ 深圳

298_ 纳木错

299_ 雪域藏府拉萨

300_ 山巅情

302_ 雅鲁藏布江

304_ 玉洁冰川淡水源

306_ 世界屋脊看高原

308_ 大连

310_ 天下之脊太行山

312_ 夜登八达岭长城

313_ 五指山

314_ 土楼

317_ 舟山碧波

318_ 龙井丝绸

319_ 海疆第一城

320_ 军垦戍边北大荒

323_ 雄鸡昂首屹东方

324_ 白山黑水大地情

326_ 山水绿城雅安

328_ 横断主峰贡嘎山

330_ 蜀门重镇广元

331_ 古城阆中

332_ 走进女儿国

335_ 走进香格里拉

337_ 歌舞之乡吐鲁番

338_ 坎儿井

340_ 大漠胡杨

342_ 沙漠绿洲

344_ 丝绸之路大陆桥

345_ 中国宣纸

347_ 澳门

348_ 三湘四水大地红

351_ 土苗风情湘西

352_ 七十五岁再登天门山

353_ 中国陆地中心兰州

354_ 窑洞庄园

357_ 壶口天下险

358_ 秦岭

359_ 荆州古城

361_ 皇城相府

362_ 王屋山

364_ 太行山

367_ 雁门关

369_ 塞上绿洲

371_ 应县木塔

372_ 山西行

374_ 河口

376_ 彩云之南

377_ 秀丽井冈山

379_ 净土阿尔山

380_ 大兴安岭

383_ 小兴安岭

386_ 东北大平原

388_ 东北大地壮河山

390_ 长白山天池

392_ 鲁西大地雄风展

393_ 登泰山

395_ 凉山彝族自治州

396_ 万峰林

397_ 过黔东南州

398_ 都匀

399_ 椰林

401_ 草原深秋

402_ 草原明珠

403_ 蒙古马

404_ 北疆绿星集宁

406_ 晋山晋水艳阳天

408_ 滨州

410_ 新县

411_ 许昌

412_ 中国最早的女将军妇好

413_ 希拉穆仁草原

414_ 黄河沙漠奇迹多

415_ 河套平原

416_ 阿拉善过中秋

417_ 南海

419_ 游人船

420_ 绿色宝岛

六、大爱无疆

424_ 庆祝中华人民共和国成立四十周年

425_ 庆祝党的十四大隆重召开

426_ 告慰

427_ 洪水无情人有情

428_ 为青峰寺烈士纪念馆落成而作

429_ 社会主义好

430_ 寄语家乡

431_ 丰碑

432_ 人民幸福万年长

433_ 奇丐兴学百世芳

435_ 银滩漫步思台湾

436_ 友谊关

438_ 贺我国首次载人航天飞行圆满成功

439_ 中国宝岛台湾

440_ 走访艾弗里德家

442_ 警示牌

444_ 保护大自然

445_ 莘莘学子出状元

446_ 中华奥运情

447_ 人面子树

449_ 汶川铸大爱

450_ 国门变迁

453_ 自然保护区

454_ 木刻楞里话真情

455_ 为莘县将军希望小学而作

456_ 热烈庆祝中国共产党

456_ 成立九十周年

457_ 贺中星 2A 发射成功

458_ 贺"神九"航天员胜利凯旋

459_ 迎新春

（4）

七言诗选

一

雄师劲旅

抗美援朝保国家

沿江出川离金沙，^①

武汉乘车新乐下。^②

海防练兵扎汉沽，^③

二排参战我出发。^④

美帝疯狂挑战争，

侵朝当作跳板踏。

唇亡齿寒义不容，

抗美援朝保国家。

1951年5月，于河北省宁河县汉沽镇营城。

---

① 沿江出川离金沙：川，地名，四川；金沙，金沙江。

② 武汉乘车新乐下：新乐，地名，河北省新乐县。

③　海防练兵扎汉沽：汉沽，地名，河北省宁河县汉沽镇营城。

④　二排参战我出发：二排参战，部队按建制抽每连的二排赴朝参战。

建营房

昔日征战握钢枪，
今日当起泥瓦匠。
战士面前无难事，
自烧砖灰砌高墙。
热汗洗得月牙明，
线砣甩出系太阳。
不言一年奋战苦，
笑声飞溅溢新房。

1953 年 12 月 20 日，于河北省涿县松林
店营房。

劳动万岁

十三陵前摆战场，①
战天斗地士气旺。
义务劳动见领袖，②
十万大军干劲长。
蟒山汉山锁大坝，
众志成城洪水降。
党政军民庆胜利，
劳动光荣锦绣乡。

1958 年 7 月 1 日，于北京市昌平县十三陵水库。

---

①十三陵前摆战场：十三陵前，指明十三陵及其前面的温榆河。

② 义务劳动见领袖：1958 年 5 月 25 日，
伟大领袖毛泽东主席率领中央委员、候补中
央委员到十三陵水库工地参加义务劳动。

国防施工

雄师驻扎荆轲山，
太行山上军旗展。
国防施工筑长城，
炮声回荡狼牙山。
高坡柿子红似火，
山坳香梨金灿灿。
青山易水留传说，
壮士模范新风添。①

1963 年 10 月，于河北省易县西庄。

---

① 壮士模范新风添：壮士，指狼牙山五壮
士；模范，指被国防部命名的爱民模范谢臣
和谢臣班。

抗洪抢险

六天五夜暴雨下，
山洪肆虐水库垮。
九村千户被水冲，
万名群众苦挣扎。
人民军队责任重，
舍生抗洪无私瑕。
涌现谢臣九烈士，
爱民模范誉中华。

1963 年 8 月 8 日，于河北省易县支锅石村。

大比武

群众练兵掀热潮，
龙腾虎跃试比高。
难严实战作标杆，
三军争雄逞英豪。
领袖老帅阅兵阵，
将士欢呼胜海啸。
武星荟萃竞风流，
拭目喜看一代骄。

1964 年 12 月 20 日，于河北省定兴县固城营房。

边防巡逻

披星戴月日兼程，
巡逻遍迹荒漠峰。
眉鬓染霜情似火，
双颊涂尘挂春风。
将士出塞御外患。
好儿戍边显忠诚。
紧握钢枪守边陲，
青春绚丽耀人生。

1970 年 7 月 1 日，于内蒙古自治区二连
浩特市。

赤城①

南低北高六条川，
坝上丘陵坝下山。
独石马连两隘口，
云州顶门是雄关。
首都北京作后盾，
红沙刁鄂大战酣。
张承宣界紧结合，
钢铁屏障保国安。

1976 年 7 月，于河北省赤城县。

---

①赤城：赤城防区自古为战略要地、军事要
冲，是历代兵家必争之地。防区内有黑河川、
白河川、马连口至云州、镇宁堡至赤城川、

清水河川、龙关至后城川六条较大的川谷。独石口、马连口为防区前沿的两个隘口，云州是赤城的门户，红沙梁、刁鄂堡为赤城通往北京的交通要道。控制赤城地区，对粉碎敌进攻北京、迂回张家口的企图，稳定张家口防御，保障张家口、承德两防区结合部安全，保卫首都北京，具有十分重要的意义。

横山铸将

太行东麓横山境，
军校铿锵将才声。
龙腾虎跃群争优，
红专健儿练真功。
桃李不言遍天下，
壮志保国映征程。
意气风发为四化，
治学强兵攀高峰。

1983 年 10 月 1 日，于河北省石家庄市。

取经见学

部队调任到院校，
培育军官重担挑。
始终牢记党嘱托，
虚心学习勤求教。
八年行程十万里，
兄弟单位取经宝。①
联系群众不自满，
诲人不倦钻到老。

1985 年 5 月 18 日，于河北省石家庄市。

---

① 兄弟单位取经宝：作者在军校工作的近八年时间里，先后参观过 100 余所军队和地方院校及 200 余个师团，学到了不少办学经验，促进了学校的全面建设。

重任在肩

陆校调任进北京，^①
道路长远责任重。
真正英雄是群众，
党的领导智慧生。
将军胸中兵百万，
脚步经常到基层。
部队建设要三化，
严格治军攀高峰。

1985 年 6 月 5 日，于北京西山。

————————————————

① 陆校调任进北京：1985 年 6 月 5 日，
作者奉命赴北京，任北京军区党委常委、副
司令员。

部队行

纵贯晋蒙南北中，
走访部队脚步匆。
运城侯马抵临汾，
洪洞集宁到大同。
调查研究两军合，
严格要求不放松。
部队合成变集团，
官兵团结情意浓。

1985 年 9 月 12 日，于山西省大同市卧
虎湾。

边疆万里行

北国边疆万里行，
足洒百连数团营。
戍边男儿多奇志，
巡逻遍迹荒漠峰。
将士出塞御外患，
青春绚丽耀人生。
人民安居靠劲旅，
祖国强大有精兵。

1988 年 7 月 25 日，于宁夏回族自治区
银川飞往北京的专机上。

北岳恒山

山岳舜封四千年，
东冀西晋雁门关。
横亘塞上四百里，
桑滹两河分水线。①
景秀清幽长城雄，
自古兵家争天险。
南暖北温十八景。②
悬空寺绝世惊叹。

1988年10月30日，于山西省浑源县恒山。

---

① 桑滹两河分水线：桑滹，指桑干河和滹沱河。

② 南暖北温十八景：南暖北温，山南为暖温
带，山北为温带。

燕山

京山多张燕山边，①
东西九百峰连绵。
四山四水三区分，②
农林牧果丰矿产。
沿线名胜古迹多，
万里长城倚燕山。
保卫京都大屏障，
华北东北渤海连。

1989 年 9 月 12 日，于燕山。

---

① 京山多张燕山边：京山多张，即北京、山海关、多伦县、张家口。

② 四山四水三区分：四山，即燕山、军都山、

小五台山、西山；四水，即滦河、辽河、蓟
运河、大凌河水系；三区，指北部坝上高原区、
南部平原区、中部山区。

果园情

春回大地百花艳，
夏长处处绿如蓝。
秋收棵棵繁硕果，
冬藏丰盛迎来年。
物换人易常情在，
世代接力意志坚。
山河锦绣无限好，
红果满枝更灿烂。

1989 年 9 月 13 日，于河北省承德市。

亚运之光

中华文明五千年，
东方巨人立顶天。
亚运圣火北京举，
开创历史新纪元。
团结进步增友谊，
金银铜牌都领先。
人生难得几回搏，
为国争光谱新篇。

1990 年 10 月 17 日，于北京工人体育场。

领奖

春归北京树发芽，
大会堂里满鲜花。
全国召开绿化会，
中央政府把奖发。①
北京军区争先进，
代表全军来参加。
国家表彰授称号，
再做贡献美中华。

1991 年 3 月 12 日，于北京人民大会堂。

---

① 中央政府把奖发：根据中国人民解放军
绿化委员会和总部的推荐，全国绿化委员会、
林业部决定：授予在植树造林、绿化祖国的

伟大事业中，取得优异成绩的北京军区"造林绿化先进军区"光荣称号。1991 年 3 月 12 日，在北京人民大会堂召开的全国植树造林表彰大会上，作者作为绿化先进个人和北京军区绿化委员会主任参加大会，并接受了中华人民共和国国务院颁发的奖旗奖状。

柏各庄农场

唐海开荒办农场，
金波绿浪似海洋。
科技兴农高丰产，
艰苦奋斗大发扬。
军事管理现代化，
部队保障粮谷仓。
多种经营讲科学，
华北农田第一庄。

1991 年 9 月 23 日，于北京军区柏各庄
农场。

三军仪仗队

军威浩荡气势宏，
共同条令砺群雄。
胸怀祖国严逾铁，
众志成城气贯虹。
迎外司礼首脑赞，
阅兵亚运人民颂。①
竞显国威五十载，
百万军旅称标兵。②

1992 年 8 月 1 日，于北京市。

---

① 迎外司礼首脑赞，阅兵亚运人民颂：中
国人民解放军陆海空三军仪仗队自 1952 年
组建以来，常年担负着迎送外国元首、政府

首脑、军队高级将领的重大国事活动和仪仗司礼任务。多年来，三军仪仗队圆满完成了2800多次仪仗司礼任务，同时还出色完成了军事演习、建国三十五周年国庆阅兵、第十一届亚运会开幕式等重大活动，受到党和国家领导人、各国来宾及人民群众的高度赞扬，被上级誉为政治强、作风硬、管理严、技术精、全面建设扎实的先进集体。

② 百万军旅称标兵：指1992年3月仪仗队被中央军委授予"军旅标兵"荣誉称号。

北国利剑

超级大国搞演变，
巍巍长城铸利剑。
战争形态多变化，
立体合成局部战。
四维战场高科技，
机动速决把敌歼。
精兵一代展雄风，
人民军队保江山。

1993 年 8 月 28 日，于内蒙古乌兰察布
盟大草原。

官兵同乐四海情

参加军区第一通信总站女兵六连"官兵同乐元宵晚会"有感。

正月十五春意浓，
官兵同乐在军营。
将军来自战士中，
五湖四海目标同。
现代通信使命大，
神圣岗位传军情。
模范六连军中花，
飒爽英姿攀高峰。

1994 年 2 月 24 日，于北京西山。

华北平原

三大平原一席占，①
面积一百五十万。②
自古政经文中心，
平原抗日地道战。
四河五原七省市，③
东临两海三面山。④
经济发达粮棉库，
煤铁油矿丰资源。

1996 年 7 月 12 日，于河北省石家庄市。

---

① 三大平原一席占：三大平原，即东北平
原、华北平原、长江中下游平原。

② 面积一百五十万：指华北五省市自治区

面积 150 多万平方公里。

③ 四河五原七省市：四河，指黄河、淮河、海河、滦河；五原，即黄河冲积扇平原、淮河中下游冲积扇平原、海河中下游平原、滦河下游冲积扇平原、长江中下游平原；七省市，指北京、天津、河北、山东、河南、安徽、江苏 7 省市。

④ 东临两海三面山：两海，即渤海和黄海；三面山，南达大别山、北抵燕山、西倚太行山——伏牛山。

塞上轻骑

为北京军区某部"文化工作先进连"第 696 次官兵同乐会而作。

塞上轻骑好二连，
文精武强美名传。
绿色沃土新苗壮，
人才代出续史篇。
阳春白雪难动情，
下里巴人士兵欢。
领袖嘱托心中记，
豪歌当舞御边关。

1997 年 5 月 28 日，于河北省万全县。

华北地形

燕阴太吕四山连，^①

北套坝鄂结四原。^②

滦海黄河三水系，^③

东濒大洋一海湾。^④

九边多卫古战场，^⑤

长城内外踞三关。^⑥

华北人口一亿二，

民富兵强保江山。

1997 年 11 月 5 日，于北京西山。

---

①　燕阴太吕四山连: 指燕山、阴山、太行山、吕梁山山脉。

②　北套坝鄂结四原: 四原，指河北平原、

河套平原、坝上高原、鄂尔多斯高原。

③ 滦海黄河三水系：滦海黄河，指滦河、海河、黄河。

④ 东濒大洋一海湾：一海湾，指渤海湾。

⑤ 九边多卫古战场：指长城设防九边七十二卫。

⑥ 长城内外踞三关：指由居庸关、紫荆关、倒马关组成的内三关和由宁武关、雁门关、偏关组成的外三关。

八一军旗高高飘扬

南昌起义枪声响，^①

人民军队始开创。

武装斗争新世纪，

打响革命第一枪。

革命摇篮英雄城，

纪念丰碑矗广场。

继承革命好传统，

八一军旗高飘扬。

1998 年 6 月 12 日，于江西省南昌市。

---

① 南昌起义枪声响：指 1927 年 8 月 1 日，中国共产党武装反抗国民党反动派在南昌起义。它宣告了中国共产党独立领导革命武装

斗争的开始，从此诞生了中国人民解放军。
1933 年中央军委决定"八一"为中国工农
红军成立纪念日。

兴安岭上论边关

车轮滚滚上兴安，①
林木森森满青山。
苍苍沃土敞日月，
茫茫林海未见边。
呼盟松嫩木伦河，②
漠河黑河到边关。
北国风光浑如画，
壮丽山河艳阳天。

1999 年 7 月 27 日，于黑龙江省五大连
池市。

① 车轮滚滚上兴安：兴安，指大兴安岭和小兴安岭。

② 呼盟松嫩木伦河：松嫩，指松嫩平原；木伦河，指西拉木伦河。

徐州千年四百战

苏鲁豫皖战略点，
龙凤九里屏障险。①
兵家必争徐州地，
历经千年四百战。
一点两线决胜负，
淮海战役定坤乾。
历史文化扬中外，
风雨沧桑今朝灿。

2001 年 5 月 18 日，于江苏省徐州市。

---

①　龙凤九里屏障险：龙凤九里，指云龙山、
凤凰山、九里山。

保定要地保京安

东临水乡白洋淀，
西倚雄伟太行山。
首都屏卫南大门，
北控三关保京安。
西陵汉墓荆轲塔，
莲池督署地道战。
冀中平原明珠城，
历史文化古今传。

2001 年 5 月 23 日，于河北省保定市。

居庸边塞

关沟四十两山间，①
居庸边塞五要点。
统领一身系军政，
万名重兵保京安。
敌楼垛口烽火台，
十里环城翠金巅。②
公路铁路谷垣过，
燕山太行一雄关。

2001 年 6 月 12 日，于北京市居庸关。

---

① 关沟四十两山间：四十，指关沟长 40 里；
两山，指西山、军都山。

② 十里环城翠金巅：环城，即关城，东跨翠屏山之上，西跨金柜山之巅；翠，指翠屏山；金，指金柜山。

笑看边关唱大风

长风当空舞苍龙，
草原边关吐豪情。
卫国戍边展风采，
横刀立马真英雄。
烈日寒霜不言苦，
千锤百炼出精兵。
雄师劲旅今犹在，
笑看边关唱大风。

2001 年 8 月 13 日，于内蒙古自治区新巴尔虎左旗贝尔湖畔。

京津海门咽喉关

黄海渤海咽喉上，
京津门户重四方。
不冻不淤隐风坞，
群山环抱天然港。
进关东西两山峙，
狮口虎尾锁海洋。
长山列岛星罗布，
金银玉铁御海防。①

2002年9月24日，于辽宁省旅顺口黄金山。

---

① 金银玉铁御海防：金，指黄金山；银，指白银山；玉，指白玉山；铁，指老铁山。

刘公岛上忆海防

腐败女皇扣军饷，
甲午战争吃败仗。
当年战场雄姿在，
凭吊将士慰儿郎。
历史教训不能忘，
强军方能固海防。
神圣使命保祖国，
华夏一体民心向。

2004 年 4 月 21 日，于山东省威海市刘公岛。

珍宝岛

神圣领土珍宝岛，
乌苏里江一前哨。
江汉土肥森林绿，
强边固防扼要道。
帝修垂涎三千尺，
多次侵犯惨败遭。
历史长河人民谱，
锦绣江山战士保。

2004 年 9 月 8 日，于黑龙江省虎林市珍
宝岛。

三军将士冲在前

地裂天崩万重险，
人民生命重泰山。
英勇奋斗战天地，
抗震救灾解国难。①
大爱无垠写忠诚，
钢铁战士冲在前。
重建家园美丽乡，
安居乐业万民欢。

2008 年 5 月 19 日，于北京。

---

① 抗震救灾解国难：2008 年 5 月 12 日下午 2 时 28 分，四川省汶川县发生 8.0 级大地震。灾情就是命令，时间就是生命。全党

全国全军紧急动员起来，抗震救灾，众志成城。全军十万将士火速进入灾区，英勇顽强，战天斗地，抢救伤员，保障人民群众安全；为民造福，重建家园，为国解难，夺取抗震救灾斗争的伟大胜利。胜利一定属于英雄的中国人民！

大阅兵

中央进京四九年，
主席阅兵在南苑。
华北演习现代化，
坝上阅兵艳阳天。
沙场点兵朱日和，
战力军威喜空前。
野战阅兵庆八一，
试看天下谁敢犯。

2017 年 7 月 29 日，于京华。

纪念建军九十周年

八七会议识武装，
南昌起义第一枪。
朱毛会师井冈山，
革命力量更坚强。
古田会议铸军魂，
英勇善战红旗扬。
雪山草地二万五，
星火燎原传八方。
人民战争胜日寇，
决战决胜扫蒋邦。
二十八年庆建国，
人民军队忠于党。

艰苦奋斗九十载，
人民解放筑安康。

2017 年 7 月 31 日，于北京人民大会堂
宴会厅。

二

参政议政

（4）

七言诗选

人民代表

作者作为人大代表参加了第七届全国人民代表大会，心绪难平，有感而作。

代表云集大会堂，
参政议政国是商。
长治久安思稳定，
建言献策兴四方。
中国特色自强路，
四化扬帆迎朝阳。
不畏浮云遮望眼，
强国富民奔小康。

1990 年 3 月，于北京人民大会堂。

黄土高原

中华民族古摇篮，
横跨七省三十万。①
三种地貌迥不同，②
太吕六山隔三原。③
百条河流水土失，
森林植被少可怜。
贯彻水土保持法，
环境治理任务艰。

1998 年 10 月 4 日，于甘肃省兰州市。

---

① 横跨七省三十万：七省，即青海、甘肃、宁夏、内蒙古、陕西、山西、河南 7 省区；三十万，即 30 万平方公里。

② 三种地貌迥不同：三种地貌，即沟间地貌、沟谷地貌、黄土微地貌。

③ 太吕六山隔三原：太吕六，即太行山、吕梁山、六盘山；三原，即山西高原、陕甘黄土高原、陇西高原。

世界屋脊青藏原

世界屋脊大高原，
国土四分之一占。
海拔均上四千米，
五千米超九山连。①
冰川面积国八十，②
湖泊众多江河源。
十大自然地理区，③
西部宝藏神奇观。

1998 年 10 月 7 日，于青海省西宁市青
海湖。

① 五千米超九山连：九山，即阿尔泰山脉、祁连山脉、昆仑山脉、喀喇昆仑山脉、唐古拉山脉、冈底斯山脉、念青唐古拉山脉、喜马拉雅山脉、横断山脉。

② 冰川面积国八十：国八十，青藏高原冰川覆盖面积约 4.7 万平方公里，占全国冰川总面积的 80% 以上。

③ 十大自然地理区：即喜马拉雅山南翼亚热带及热带北缘山地森林区、藏东川西山地针叶林区、藏南山地灌丛草原区、青东祁连山地草原和针叶林区、那曲玉树高寒灌丛草甸区、青南高寒草原区、羌塘（藏语"北方高平地"之意）高寒草原区、阿里山地半荒漠与荒漠区、昆仑高寒半荒漠和荒漠区、柴达木山地荒漠区。

神州北极第一村

古风淳朴漠河人，
神州北极第一村。
夏至度过白昼夜，
北极光赏显奇神。
龙江源头小平川，^①
大兴安岭北疆门。
木屋小楼山河秀，
天高气爽江映林。

1999 年 7 月 25 日，于黑龙江省漠河县
北极村。

---

① 龙江源头小平川：龙江，指黑龙江。

木屋屯

木墙木顶木门窗，
劈柴做饭灶连炕。
木头门楼栅栏连，
庭院经济生财方。
青山绿水小盆地，
坐北朝南屯向阳。
植树造林环境美，
绿色海洋万年长。

1999 年 7 月 26 日，于黑龙江省塔河至呼玛乘车行进的路上。

绿色粮仓黑龙江

地域辽阔土质良，
得天独厚北大仓。
三大一优天竞秀，①
原始森林山河壮。
生态农业兴北国，
特色经济拓市场。
营养洁然无公害，
绿色食品益健康。

1999 年 7 月 25 日，于黑龙江嫩江县。

---

① 三大一优天竞秀：指大森林、大草原、大湿地和丰富的水资源，构成了黑龙江优良的生态环境。

喜迎澳门回归

濠江两岸不夜天，
华夏儿女共庆典。
生母泣声唤乳名，
澳门离家四百年。
一国两制结硕果，
九九归一喜团圆。
五星红旗迎风飘，
千家万户举杯欢。

1999 年 12 月 20 日，于北京。

乌兰察布土豆

绿色食品土豆王，
营养丰富益健康。
种优喜凉长日照，
疏松沙质沃土壤。
三维立体膨化品，
块片泥丝粉条香。
粮菜兼优马铃薯，
高产质佳兴四方。

2000 年 7 月 23 日，于内蒙古自治区集宁市。

银河广场

草原钢城好气派，
旧貌新颜壮情怀。
名曲高奏黄河水，
妙舞畅想冲天台。
水幕电影俏丽景，
如茵草坪花正开。
梅鹿起舞迎远客，
宾纷沓至银河来。

2000 年 8 月 2 日，于内蒙古自治区包头
市银河广场。

岐星村

十六小队成岐星，
集体经济年年兴。
多种经营大开发，
村办企业效益增。
北菜南果粮满仓，
劳模带头班子硬。
共同富裕小康村，
文明建设称标兵。

2000 年 9 月 26 日，于陕西省岐山县岐
星村。

三访贵州

四九进军大西南，①
人民解放把身翻。
九九走访黔贵地，②
政通人和小康建。
执法检查零一年，③
水电事业大发展。
风雨历程忆今昔，
西部开发奔明天。

2001 年 9 月 9 日，于贵州省贵阳市。

①　四九进军大西南：四九，指 1949 年。

②　九九走访黔贵地：九九，指 1999 年。

③　执法检查零一年：零一年，指 2001 年。

水法检查云贵川

水法检查大西南，
云贵高原水连天。
云谷纵横川流迥，
壮丽山河赛画卷。
雪山冰川热带林，
万里长江第一湾。
大兴水利护生态，
福泽子孙保江山。

2001 年 9 月 18 日，于云南省昆明市。

水乡聊城耀东方

光岳楼上瞰东昌，①
环水映城曲悠扬。
当年攻坚战英勇，
今朝民富铸辉煌。
凤凰情思故乡归，②
黄河之水禾苗壮。
京杭京九黄金道，
聊城大地好风光。

2001 年 10 月 19 日，于山东省聊城市。

---

① 光岳楼上瞰东昌：东昌，指东昌府，亦称
凤凰城，即现在的聊城市。

② 凤凰情思故乡归：即指上住园仙姑的民间故事。

中国气象第一法

中国气象第一法，①
调整关系规范化。
气象事业新阶段，
依法行政法制化。
冷热干湿风云雪，
雾雨雷电光象下。
二十四节循规律，
气象服务福万家。

2001 年 11 月 15 日，于山东省青岛市。

———————————

① 中国气象第一法：《中华人民共和国气
象法》，1999 年 10 月 31 日九届全国人大
12 次常委会通过，2000 年 1 月 1 日起正式

实施，这是我国第一部规范气象活动的法律。为了了解气象法的学习、宣传和贯彻落实情况，全国人大组织了对海南、山东、西藏、上海、江苏等地的执法调研。这是作者在调研中的感言。

西藏高原路通天

山脉系汇岭绵延，
高原突兀倚青天。
峡谷交错飞银瀑，
森林草原雪冰川。
千湖碧透显本色，
景象独特气万千。
莽莽高原路通天，
祥云之上有人间。
氧乏志坚人可爱，
建设祖国好河山。

2002 年 7 月 11 日，于西藏自治区拉萨市。

执法调研万里行

　　2002 年 7 月 10 日至 8 月 12 日，作者率全国人大农业与农村委员会《气象法》执法调研组，对西藏自治区、上海市、江苏省贯彻落实《气象法》情况进行了调研，对安徽省进行了走访。

　　北京乘机贡嘎下，
　　大江伴我到拉萨。
　　京川藏沪苏皖行，
　　调查研究气象法。
　　经验教训胜真金，
　　高原精神文明花。

胸怀全局承大业，
完善法制利国家。

2002 年 8 月 12 日，于安徽省黄山至北
京的班机上。

贺南水北调工程开工

南水北调工程壮，
世界水利奇迹创。
三横四纵开先例，①
学科部门地域广。
打造江河泽万民，
廊道网络系城乡。
科学治理保生态，
生命之泉益健康。

2002 年 12 月 27 日，于京华。

---

① 三横四纵开先例：指南水北调工程通过
三条调水线路（东线、中线、西线）与长江、
黄河、淮河、海河四大江河逐步构成宏伟的

　　"三横四纵"的中华水网，在今后 50 年间
分三个阶段实施，总投资约 5000 亿人民币。
2002 年 12 月 27 日，"世界上最大的水利
工程"开工典礼在北京人民大会堂和江苏省、
山东省施工现场同时举行，在江苏和山东开
工建设。

雁门洞开傲三山①

太行吕梁阴山间，
北岳恒山雁门关。
盘旋绝顶咽喉道，
白登金沙起硝烟。②
白草梁上笑朔风，
雁门洞开大运连。③
三晋大地兴伟业，
国之盛事民夙愿。

2003 年 9 月 27 日，于山西省大运高速雁门关。

① 雁门洞开傲三山：指雁门关隧道开通。雁门关隧道位于山西省代县境内，洞穿于白草梁山峰，为双线四车隧道。东侧隧道长5150 米，西侧隧道长5260 米。2003 年9月28 日正式开通，三晋大地南北贯通，道路通衢；三山，指太行山脉、吕梁山脉和阴山余脉。

② 白登金沙起硝烟：指白登山和金沙滩古战场。

③ 雁门洞开大运连：指雁门关隧洞是山西大运高速路之咽喉。大运高速起自大同，止于运城，全长666 公里。跨表里山河，贯群山沟壑，上穿雁门古关，下越绵山峻岭，挟三晋之雄风，挥长虹于南北，气势壮观。

十省三边四海行

天撒明珠落海畔，
金鸡咯嗒下银蛋。
四海十省三边镶，^①
千岛万礁港岸湾。^②
雄心宏愿铸国力，
强军固防民心安。
弧状分布跨三带，^③
春光万里大花园。

2004 年 4 月 28 日，于辽宁省大连市旅顺口。

---

① 四海十省三边镶：四海，指渤海、黄海、东海、南海；十省，指辽宁省、河北省、天津市、山东省、江苏省、浙江省、上海市、

福建省、广东省、广西壮族自治区、海南省等沿海十一个省、市、自治区；三边，指香港特别行政区、澳门特别行政区和台湾省。

② 千岛万礁港岸湾：千岛万礁，指海防的前哨——岛屿，岛屿系指面积较小、四周环水的陆地，中国有50多个群岛和列岛，有大小岛屿1万多个，总面积约8万平方公里，占全国领土的0.8%；港，指海洋的门户——海港；岸，指海洋的边缘——海岸，中国的大陆海岸线北起辽宁的鸭绿江口，南达广西的北仑河口，全长1.8万多公里，加上沿海岛屿海岸线总长为3.2万公里；湾，指海或洋延伸入大陆、深度越来越浅的海域——海湾。

③ 弧状分布跨三带：指中国的四海相连，跨温带、亚热带和热带，自北向南呈一弧状分布，是北太平洋西部的边缘海，环绕亚洲大陆的东南部。

贺红色旅游线开通

革命老区历史灿，
优良传统生命线。
战争年代贡献大，
和平时期续新篇。
艰苦奋斗创伟业，
继往开来接力传。
寓教于乐刻人心，
富民工程铸江山。

2005 年 5 月 1 日，于贵州省贵阳市。

克拉玛依大油田

浩瀚沙漠戈壁滩，
胡杨拔地绿浪翻。
艰苦奋斗自强史，
中国始创大油田。
巍巍钻塔展雄姿，
油城崛起碧水穿。
科学文化风情浓，
英雄出师最壮观。

2005 年 9 月 15 日，于新疆维吾尔自治区克拉玛依市。

九间棚村

龙顶山上九间棚，

先人穴居天然洞。①

艰苦奋斗多少代，

扭转乾坤靠群众。

改革开放舞东风，

阳光雨露大地情。

出山进城办企业，

金桥玉门新村中。②

2007年4月17日，于山东省平邑县九间棚村。

---

① 龙顶山上九间棚，先人穴居天然洞：九间棚村西有一长30米、深10米、高3米的

天然石棚，棚内原有石龙、石虎、石牛等自然景观。清乾隆六年，即 1741 年，有刘姓夫妇至此，穴居石棚，刀耕火种，繁衍子孙，砌石为墙将石棚分为九室，起名九间棚。

② 金桥玉门新村中：新村，即九间棚村。该村坐落在海拔 640 米高的龙顶山上，四面悬崖，谷深涧陡。全村 70 户、214 人，可耕地 210 亩。自 1984 年秋，全村 9 名党员和群众，架电、修路、引水、植树，实现了高山水利化、山涧变通途，彻底改变了贫困恶劣的生产生活条件，奔上了小康，铸造了团结奋斗、顽强拼搏、坚忍不拔、艰苦创业的九间棚精神，成为全国农业战线上艰苦创业的典型。1991 年，抓住机遇，立足山上农林果，出山进城办企业，先后在县城建成了九间棚花岗石厂、机械厂、塑料厂、金银花茶厂等企业，在县城建起了九间棚新村。1999 年进行第二次创业，在北京市创办了九间棚农业科技园，形成了山上、县城和北京三个"九间棚"。

胜利油田

河源青海九省赛，
一路泥沙滚滚来。
东营河口三角洲，
左冲右突入渤海。
年年淤长渐递进，
天然绿地新生态。
胜利油田腾飞起，
新型城乡乐开怀。

2007 年 4 月 22 日，于山东省东营市。

黄土高原孕文明

千沟万壑大沉淀，
川塬起伏犬牙边。
颗粒细软黄金土，
高原大地好耕田。
盆地河谷农垦久，
养育华夏文明灿。
古代文化摇篮曲，
五十六个民族全。

2007 年 9 月 12 日，于甘肃省庆阳市。

农耕文化华池源

农耕文化源头县，
巧儿突破封建线。^①
陕甘边区苏维埃，
南梁革命纪念馆。
生态优越宜林牧，
资源富集油煤田。
人少地多甘陕边，
全面提速科学观。

2007 年 9 月 12 日，于甘肃省庆阳市华
池县南梁村。

① 巧儿突破封建线：巧儿，指评剧《刘巧儿》中的主人公，即华池县20世纪40年代反对包办婚姻封芝琴先进典型创作的原型。她今年82岁，是县政协委员，华池县悦乐镇上堡子村人。今天，她介绍了情况，并赠送了亲手制作的香包、剪纸等，我回赠了纪念品。如今，刘巧儿旧居已成为旅游的亮点。

北部湾经济区

开发宝地北部湾，^①
区域合作绘新卷。
一湾相挽十一国，^②
海阔天高跃千帆。
大海胸怀纳英才，
服务三南四方连。^③
宜居环境山水秀，
造福人民保平安。

2008 年 1 月 16 日，于北京。

---

① 开发宝地北部湾：北部湾，指北部湾经济区，由南宁、北海、钦州、防城港四市所辖行政区域和玉林、崇左两市物流等组成。

陆地国土面积 4.25 万平方公里，大陆海岸线 1595 公里，与越南交界的陆地边境线 230 公里，2006 年末总人口 1255 万人。

② 一湾相挽十一国：十一国，指中国——东盟区域经济区相邻的十一个国家。这个自由贸易区，拥有 1400 万平方公里陆地面积、18 亿人口、2 万多亿美元国内总产值和 1.2 万美元以上年度外贸总额，是一个具有强大生命力的经济实体，有益于中国、东盟和世界经济。

③ 服务三南四方连：三南，即指西南、华南和中南。四方连，即指北部湾连着中国沿海的"两角两湾两岸"（长三角、珠三角、渤海湾、北部湾、台湾海峡两岸），连着东盟十一国，连着世界五大洲四大洋。

抢占高峰富家园

生物技术育高产，①
载人飞船上九天。
三峡大坝截江流，
一桥飞架杭州湾。
青藏筑轨开天路，
曹妃分娩大油田。
珠峰之巅传圣火，
世界奥运中国年。②

2008 年 8 月 8 日，于北京。

---

① 生物技术育高产：中国人运用生物科学
技术研制出高产水稻，为缓解世界人吃饭难
做出了巨大贡献。

② 珠峰之巅传圣火，世界奥运中国年：2008 年 5 月 8 日上午 9 时 17 分，2008 北京奥运圣火传递的英雄们高举圣火登上了世界最高峰——珠穆朗玛峰（海拔 8848.43 米），并与环绕地球之巅的彩云交相辉映。2008 年 8 月 8 日晚 8 时，奥运会在北京开幕。

内蒙古之行

狭长辽阔跨三北[①]，
雄踞北疆家国卫。
南农北牧新村起，
东林西铁遍地煤。
千里草原围三山[②]，
戈壁沙漠放绿辉。
辉腾锡勒风电兴，
一大二多竞腾飞[③]。

2008 年 9 月 20 日，于内蒙古自治区乌
兰察布市至北京的汽车上。

① 狭长辽阔跨三北：指内蒙古自治区疆域辽阔，地跨中国东北、华北、西北，东西4200多公里，南北1700多公里，总面积118.3万平方公里。

② 千里草原围三山：指内蒙古自治区分布着呼伦贝尔、锡林郭勒、科尔沁、乌兰察布、鄂尔多斯、乌拉特等六大草原，草原和荒漠草原是主要天然牧场，草原连着塔拉（宽浅盆地）围着贺兰、阴山、兴安等三大山脉。

③ 一大二多竞腾飞：一大，即土地面积大，大草原、大沙漠、大森林成为其显著的特点；二多，即物产丰富，可以概括为"东林西铁，南农北牧，遍地是煤"。

秀美的广西

八桂大地有三沿^①，
面向东盟倚三南^②。
峰林熔岩喀斯特，
世界天坑博物馆^③。
经典国际民歌节，
经济开发北部湾。
八山一水一分田。
城乡宜居好家园。

2009 年 2 月 25 日，于广西壮族自治区桂林市。

① 八桂大地有三沿：三沿，指广西是全国唯一有沿海、沿江、沿边的省区。

② 面向东盟靠三南：东盟，指中国—东盟区域经济区相邻的 11 个国家；三南，指西南、华南和中南。

③ 世界天坑博物馆：指广西境内碳岩广布，是全国岩溶地貌分布最广、发育最典型的地区。天坑是喀斯特（即可溶性岩石）地貌的一种奇观。天坑的标准是四周绝壁，垂直深度 50 米以上，被世界洞穴协会认定为"天坑"。广西乐业县有 26 个天坑，占地约 20 平方公里，其中大型和超大型天坑 9 个，最深度 613 米，南北走向 600 米，底下有人类从未涉足过的几十万平方米的原始森林，并有地下河相通，森林中有大量珍贵的动植物品种，被称为世界天坑博物馆。

立体交通便交流

滨江百湖历史久，^①
东湖琴台黄鹤楼。
武汉三镇位居中，
商品集散大物流。
五纵七横联成网，
立体交通成枢纽。
承东启西接南北，
内联九省外全球。

2009 年 2 月 26 日，于湖北省武汉市小
洪山花园。

① 滨江百湖历史久：滨江，指长江、汉江；百湖，指武汉境内的湖泊众多。滨江滨湖的武汉素有"百湖之市"美称，据市水务局公布的准确数字为147个。

三峡明珠

川鄂咽喉金三峡，^①
高山平湖银色坝。^②
壮美雄奇大峡谷，
巴风楚韵山水画。
两坝之间西陵峡，
峡口石碑有人家。
防洪发电运输忙，
世界电都东方化。

2009 年 3 月 7 日，于湖北省宜昌市。

---

① 川鄂咽喉金三峡：三峡，指长江三峡是
长江中最为壮美雄奇的一段大峡，它西起重
庆奉节县的白帝城，东至湖北宜昌市的南津

关，由瞿塘峡、巫峡和西陵峡三个峡段组成，全长193公里。西陵峡是长江三峡最东面的一个峡谷，西起秭归县香溪口，东到宜昌南津镇，全长66公里，为三峡中最长的一个峡。有三滩：泄滩、青滩、崆岭滩；四峡：灯影峡、黄牛峡、牛肝马肺峡、兵书宝剑峡。西陵峡口，位于宜昌市西郊，控巴蜀之交带，水陆之要冲，川鄂咽喉，三峡门户。

② 高山平湖银色坝：银色坝，指长江三峡水利枢纽工程和葛洲坝水利枢纽工程，还有长江支流清江上的水布垭、隔河岩、高坝洲三座水电站。

大寨精神代代传

战天斗地虎头山，
艰苦奋斗代代传。
七沟八梁垒梯田，
一穷二白建家园。
劳动实践出智慧，
自力更生谋发展。
大寨人民攀高峰，
太行之星更灿烂。

2009年5月13日，于山西省昔阳县大寨。

三七

生于山坡丛林下，
低纬高原土壤佳。
三成透光七成荫，
鸟棚遍地开红花。
风雨种植历千年，
科学管理果实大。
北参南七金不换，^①
造福人类兴国家。

2010 年 3 月 17 日，于云南省文山壮族苗族自治州。

① 北参南七金不换：北参，指长白山人参；南七，指文山三七。《本草纲目》中说，人参补气第一，三七补血第一，味同功亦等，故称"北参南七"。生用能止血强心、消肿定痛、活血化淤，对外伤出血、淤血、咯血、吐血、便血、崩漏、产后血晕、贫血等有很好疗效。熟用能活血、补血、强壮补虚、滋补身体、提神补气。三七的根、茎、叶都可入药，以个大、体重、坚实、色好的根块为优。名医曲焕章以文山三七为主要原料配制的"百宝丹"（现名"云南白药"），因止血化淤有奇效，至今畅销国内外。

玉带金珠

大豆起源中国乡，
五谷之一豆中王。①
培栽传播五千年，
营养丰富益健康。
生态良好黑土地，
光温同步雨适量。
玉带金珠军垦花，②
绿色家园溢飘香。

2010年9月8日，于黑龙江省嫩江县。

---

① 大豆起源中国乡，五谷之一豆中王：大
豆起源中国乡，即大豆源于中国；五谷之一，
即水稻、大豆、小麦、大麦、粟；豆中王，

即大豆、青豆、黑豆、紫豆、斑茶豆等五豆
均有丰富营养，而大豆是五豆之王。

② 玉带金珠军垦花：玉带金珠，玉带即嫩
江，金珠即大豆。

大蒜之都金乡

历史悠久大蒜乡，
百种产品响四方。
天候土壤质量高，
多种元素富营养。
体大色鲜辣味纯，
杀菌防病益健康。
名牌产品成体系，
中外贸易民兴旺。

2011 年 7 月 27 日，于山东省金乡县。

大葱王

王母药圃百花唱，
女郎山川独花香。①
沃土百泉深耕培，
高大脆甜优滋养。②
特质高产富万家，
防病杀菌保健康。
齐鲁大地多慷慨，
章丘大葱美名扬。

2015年3月21日，于山东省章丘市女郎山。

---

①　王母药圃百花唱，女郎山川独花香：传说大葱原本是天上王母娘娘后花园药圃中的一种药花，和牡丹、芍药、菊花、玫瑰等互

为姐妹。有一天，众姐妹拨开云雾看人间，发现人间"瘟疫"横行。仙女们非常同情，各施仙术，与瘟疫展开搏斗。牡丹、芍药、菊花、玫瑰等各自使出仙法，但都失败了。最后关头，葱仙女神伸开双膊，展开绿色的羽衣，顿时天地朦胧、风急雨狂，一股强烈的辛辣味呛得"瘟疫"喘不过气来，败下阵去。天蓝了，地绿了，人间恢复了太平。王母娘娘知道了这件事大怒，遂将葱仙女神打入人间。从此，葱仙女神在章丘城北女郎山上扎根繁衍。

② 沃土百泉深耕培，高大脆甜优滋养：章丘大葱主要集中种植于章丘中部百脉泉下游的回北村、王金村等村镇。因其具有得天独厚的自然资源——百脉泉水，独一无二的栽培措施——深耕培土，品质独特的种质资源——大梧桐，所以造就了"葱高、白长、脆嫩、味甜"的特点。其植株高大魁伟，高者可达 2.29 米，葱白长直，一般在 80 厘米左右，故被誉为"大葱王"。

清水情系南北方

水源来自秦岭乡，
丹江大坝锁两江。①
中线渠首陶岔村，
三百亿水宝盆装。
豫鄂秦城作贡献，
英明决策党中央。
豫鲁冀津京得泉，
南水北调真辉煌。

2015 年 4 月 21 日，于丹江口水库太子号上。

---

① 丹江大坝锁两江：两江，指汉江、丹江。

草原钢城

工业立市东方红，
绿色革命促钢城。
科技创业大发展，
稀土之都富民生。
湿地绿野怡人景，
天然广场似繁星。
黄河险工千秋业，
青山不老屹雄风。

2016年9月7日，于内蒙古自治区包头市。

三

——

珍爱和平

(4)

七言诗选

巴基斯坦行

出访巴军负重行，
三万里路传友情。
五城六校节奏快，[①]
拜会参观频宴请。
他山之石可攻玉，
取长补短自身兴。
日程紧张心欢畅，
满载而归回北京。

1982 年 12 月 20 日，于北京。

———————————————

① 五城六校节奏快：五城，指巴基斯坦国的卡
拉奇、伊斯兰堡、拉瓦尔品地、白沙瓦、拉合尔
5 个城市；六校，指巴基斯坦的 6 所军队院校。

警钟长鸣

海湾战争虽已停，
天下仍然不太平。
霸权主义贪欲大，
侵略好战现本性。
环球冷热有差异，
局部多战不安宁。
刀枪入库灾祸降，
警钟时刻要长鸣。

1991年3月24日，于巴基斯坦伊斯兰堡。

恶源

资本主义万恶源，
阶级分化两重天。
富人剥削享清福，
贫民受难苦无边。
文明进步是表层，
腐朽没落随处见。
怨声载道缘何故，
社会制度铁锁链。

1991 年 3 月 26 日，于英国伦敦。

盼救星

背负大陆面西洋，
西非著名避风港。
葡人此地卖奴隶，
奥巴皇宫历沧桑。
非洲土地物产丰，
黑人朋友苦挣抗。
三等公民早当够，
熬尽长夜盼阳光。

1991 年 3 月 30 日，于尼日利亚首都拉
各斯。

冈比亚班珠尔市

詹姆士岛茂出《根》，[①]

欧美黑奴流成群。

冈比亚河要塞口，

英葡强盗曾入侵。

巴瑟斯特改班珠，[②]

冈比亚民做主人。

独立广场人熙攘，

班珠尔市闹纷纷。

1991年4月4日，于冈比亚班珠尔总统旅馆。

[①] 詹姆士岛茂出《根》：《根》，世界名著，其作者祖先就是詹姆士岛对岸贾拉村人。

② 巴瑟斯特改班珠：1816 年英国殖民者占领班珠尔，并用英国大臣巴瑟斯特的名字命名。1973 年 5 月改现名。

出访欧亚非三大洲

二洋三洲四海行，
缤纷世界风光盈。
一月行程八万里，
三十一国传友情。
无论肤色黄白黑，
皆求发展爱和平。
劳苦人民盼解放，
社会主义灯塔明。

1991 年 4 月 9 日，于巴黎至北京的飞机上。

日内瓦

国际名城日内瓦，
冬无严寒少酷夏。
罗纳河流穿城过，
日内瓦湖蒸烟霞。
国小容纳万国宫，①
世界组织常驻扎。
文豪此处寻灵感，②
游览胜地宾客沓。

1994 年 3 月 30 日，于瑞士日内瓦。

---

① 国小容纳万国宫：日内瓦素有国际城市
之称。许多国际组织在日内瓦设立机构，在
这里经常召开各种国际会议。国际联盟建造

有著名的"万国宫"。

② 文豪此处寻灵感：列宁、拜伦、雪莱、卢梭、巴尔扎克、斯汤达尔、海涅、李斯特、托尔斯泰、狄更斯等世界著名作家曾在日内瓦居住或游历过。

里约热内卢

依山傍水大洋边，
四季常青宜种田。
四百余年成良港，
白河大道真壮观。
天降陨石惊世界，
半米莲花世罕见。
沿海内地悬差大，
亚马逊域待发展。

1994 年 4 月 4 日，于巴西里约热内卢。

巴西里亚城

首都巴西里亚城，
独特建筑世著称。
三权广场为核心，
城似一架飞机形。①
曙光宫前迎朝霞，
外交部映水晶宫。
绿茵草坪花盛开，
崛起新兴现代城。

1994 年 4 月 5 日，于巴西首都巴西里亚城。

---

① 城似一架飞机形：巴西里亚是 1960 年
在巴西中部建成的一座现代化都市，整个城
市形如一架喷气式飞机。

看太阳

面向北方看太阳，
赤道南北季换防。
社会发展循规律，
资本主义必灭亡。
五十亿人想什么，
和平发展大潮涨。
地球围着太阳转，
社会主义放光芒。

1994 年 4 月 12 日，于智利首都圣地亚哥。

欧洲之都比利时

第一公民小于连，①
撒尿救城大神仙。
五十年宫庆独立，②
历代国王祝凯旋。
拿破仑败滑铁卢，③
不朽战场遗史篇。
国际组织五百余，④
欧洲之都盛名传。

1996年10月6日，于比利时首都布鲁塞尔。

---

① 第一公民小于连：小于连，是比利时家喻户晓的民族小英雄。相传公元15世纪，正当外国入侵者点燃炸药引信准备炸毁布鲁

塞尔时，小于连急中生智，用自己的尿水浇灭了导火索，使布鲁塞尔城免遭毁灭。

② 五十年宫庆独立：指五十年宫公园，是1880年为庆祝比利时独立50周年而建的。

③ 拿破仑败滑铁卢：滑铁卢古战场，位于布鲁塞尔市以南18公里的滑铁卢小镇附近。1815年6月18日，由英军惠灵顿公爵统率的英、荷（比）军队和布吕歇尔指挥的普鲁士军队，共6.7万名官兵，184门大炮，在这里与拿破仑统率的7.4万名法国军人，260门大炮，进行了一场决定欧洲命运的大战。拿破仑因雨后道路泥泞，援军未能及时赶到而延误了进攻的时间。英军援兵布吕歇尔率领的4万余人先赶到战场。激战结果，拿破仑全军覆没，2万余名将士阵亡，8000多名官兵被俘。叱咤风云15年的拿破仑在此结束了自己的政治生命，称雄一时的法兰西帝国亦从此覆没。

④ 国际组织五百余：布鲁塞尔是欧洲共同体委员会、部长理事会、北大西洋公约组织等500多个国际组织的总部或办事处所在地。全市外籍人约占市人口93.6万的三分之一，素有欧洲首都之称。

大公之国卢森堡

河谷地段丘陵岗，
沟壑纵横百桥梁。
环市三层高墙立，
城堡鳞栉地道长。
金融中心独树帜，
资源贫乏经济强。
大公之国卢森堡，
直布罗陀移北方。

1996 年 10 月 6 日，于卢森堡大公国首
都卢森堡市。

拦海围地数荷兰

欧洲门户鹿特丹，①
天下第一大港湾。
花牛肥羊缀绿坻，
拦海围地建家园。②
水城水巷水景画，
风车风磨风情篇。③
政府首都分两地，④
荷兰住在海下边。⑤

1996 年 10 月 7 日 于荷兰首都阿姆斯特丹。

---

① 欧洲门户鹿特丹：鹿特丹，位于荷兰西南部莱茵河口地区，新马斯河两岸，距北海 28 公里。这里是西欧共同体货物集散中心之一，

有"欧洲的门户"之称。

② 拦海围地建家园：是指 13 世纪至今，由于海水的侵蚀，荷兰土地面积减少 56 万公顷。而与此同时，荷兰人民修建了总长度达 1800 公里的各种堤坝，用围海造地的办法，向大海夺回近 70 万公顷的土地，约占全国土地面积的五分之一。其中，最著名的是须德海拦海造地工程。

③ 风车风磨风情篇：荷兰民俗园，位于阿姆斯特丹西北赞载克镇旁，意为赞湖畔的堡垒。公园内保留了荷兰历史上的各种民俗景观，有 1700 年以来该地区风格各异的木制民居，不同形态和功能的风车，1673 年的风磨油坊，芬兰钟表、木鞋和奶酪作坊等。这所公园是荷兰历史风情的缩影，如同露天民俗博物馆。

④ 政府首都分两地：阿姆斯特丹是荷兰的首都，王宫所在地，荷兰第一大城市。海牙是政府所在地，全国政治中心，国家议会和外国使团设于此。

⑤ 荷兰住在海下面：荷兰面积 4.18 万平方公里，占世界第 135 位，约三分之一的领土低于海平面，故称"低地之国"。

赫尔辛基

戴帽仪式夜狂欢，
水城坐落芬兰湾。①
天堂入口萨乌那，
神爽气壮夺标冠。②
移动电话世界先，
工业发达破冰船。
地下隐藏大教堂，
自然华丽金光闪。③

1996年10月9日，于芬兰首都赫尔辛基。

---

①戴帽仪式夜狂欢，水城坐落芬兰湾：赫尔
辛基在波罗的海以东的芬兰湾北岸，由一个
半岛和40多个海岛组成，水域占总面积的

60%，充满"水城"的魅力，被誉为"波罗的海的女儿"。1550 年，瑞典国王在万塔河口创建赫尔辛基城，1640 年，将该城迁建于现址。1809 年，芬兰并入俄国，赫尔辛基是一个公爵领地的首府。1917 年，芬兰独立，以赫尔辛基为首都。

芬兰雕塑家瓦尔格伦为塑造"波罗的海的女儿"，1905 年以留学巴黎的芬兰少女阿曼达为模特，铜像落成后于 1908 年运回赫尔辛基，安放于南港码头广场上。但这尊全裸雕塑遭到了世俗的反对，而赫尔辛基大学学生们视死捍卫之，给她戴上大学生帽。从此，演变成每年 4 月 30 日的"戴帽日"，所有大学新生于此日在少女像前举行戴帽仪式，第一顶必给"阿曼达"戴上，尔后彻夜狂欢。

② 天堂入口萨乌那，神爽气壮夺标冠：赫尔辛基有句"萨乌那是天堂的入口"的格言，"萨乌那"就是普及于世的"桑拿浴"。它首创于芬兰，是一种特殊的蒸气洗澡方式。全国共有"萨乌那"浴室 192 万座，平均 2.66

人一座；赫尔辛基家家皆有"萨乌那"浴室，宾馆、官邸有豪华的"电桑拿"。

③ 地下隐藏大教堂，自然华丽金光闪：坦布里傲岩石广场地下隐藏着一座教堂，共有1.3万立方米的空间，四周岩壁未加琢饰，颜色斑驳系出自然；内置750个座位的桦木椅，祭坛旁有一架3001支音管的管风琴；地面凸起教堂的圆穹顶,直径24米、高13米，是紫铜构筑，因而金光闪闪。由于绝佳的音响效果，每年在此举行音乐会150场以上。

芬兰北极村

天寒地冻木质房，
三层玻璃两道墙。
室内桑拿汗如雨，
户外雪浴透心凉。
七月飞霜映白昼，
十月夜观北极光。
圣诞老人喜迎客，
拉普兰人驯鹿忙。[①]

1996 年 10 月 12 日，于芬兰北极村。

---

① 拉普兰人驯鹿忙：拉普兰人，也称萨阿米人，生活在芬兰北部的一个民族，擅长驯鹿。

俄罗斯首都莫斯科

五海三港莫斯科，①
欧洲中部跨两河。②
七个山丘呈环状，③
放射布局独风格。
城堡红场列宁墓，④
卫国战争奏凯歌。
苏联解体变联邦，
堡垒先从内部破。

1996年10月17日，于俄罗斯首都莫斯科。

---

① 五海三港莫斯科：指莫斯科市区有三个河港。各条运河的沟通，使莫斯科成为波罗的海、白海、黑海、亚速海及里海的"五海

之港"。

② 欧洲中部跨两河：指莫斯科位于俄罗斯欧洲部分的中部，跨莫斯科河及支流亚乌扎河两岸。

③ 七个山丘成环状：指莫斯科市分布在7个山丘上，市区成环形，放射形布局，大小街道3000多条，城市建设宏伟壮观，独具风格的古老建筑和现代高楼大厦交相辉映。

④ 城堡红场列宁墓：城堡，指克里姆林宫。

意大利首都罗马

七丘城徽狼乳王，①
太伯河水穿中央。
罗马帝国发源地，
文艺复兴率西方。
祖国祭坛万神庙，
斗兽场内奇迹扬。②
城中教堂四百座，
一眼三国世无双。③

1997 年 6 月 8 日，于意大利首都罗马。

---

① 七丘城徽狼乳王：七丘城，罗马建在 7
座山丘上，故有"七丘城"之称。罗马市最
高山为马里奥山，海拔 139 米，山上有天文台和意大利电视发射塔；狼乳王：传说2000多年前，有一只母狼将一对双胞胎兄弟罗莫洛和莱莫斯哺乳长大，后来哥哥罗莫洛把弟弟莱莫斯打败，在这个地方建城，成为罗马的第一任国王，并以他的名字命名这座城市为罗马，所以罗马城徽为母狼育婴。

② 斗兽场内奇迹扬：建于公元72年至80年，可容纳观众6万人，主要用于观看角斗士格斗和斗兽表演。在搏击中多次获胜的奴隶可获得自由。公元249年，罗马举行建城1000周年大庆，帝国统治者驱使1000对角斗士上台表演，共杀死大象、老虎、狮子、野狼、野马等大动物200多头。它是罗马帝国的象征，也是世界八大奇迹之一。

③ 一眼三国世无双："一眼看三国"，这是一个奇特的景观。在骑士广场，从一个门的圆形孔往里看，脚踏意大利国，眼看马尔他国，再向前延伸就可以看到梵蒂冈国。

华沙

美人鱼儿欢声唱，①
瓦尔沙娃恋故乡。
王宫城堡古遗迹，②
钢琴诗人属肖邦。③
维斯瓦河多风雨，
两次定都遭创伤。
无名墓火长不熄，
地球照转迎太阳。

1997 年 6 月 13 日，于波兰首都华沙。

---

① 美人鱼儿欢声唱：民间传说，很久以前，
一个国王在波兰全国到处巡游，想为王国找
一个理想的京都。一天，国王来到了维斯瓦

河畔一座风景秀丽的孤家村落，这里只住着一户渔民，国王四处查看时，一条人身鱼尾的美人鱼从河里跳出水面，为国王唱了一支优美的歌。国王立即爱上了这个地方，决定在这里建都。可这是一个什么地方呢？国王问正在河边嬉戏的两个渔家孩子："这个地方叫什么名字？"孩子回答："没有名字"。国王又问孩子叫什么名字，哥哥答，叫"瓦尔斯"，妹妹答，叫"沙娃"。于是国王决定把他俩的名字连在一起，作为这个地方的名称，这就是"瓦尔沙娃"，中文译为"华沙"。美人鱼也就成了波兰首都华沙象征，被认为是华沙的守护神。如今，在华沙市维斯瓦河畔建有美人鱼铜像。

② 王宫城堡古遗迹：华沙王宫城堡建于 13 世纪，原是土木结构。1569 年至 1572 年城堡改建为王宫和议会驻地。

③ 钢琴诗人属肖邦：肖邦是驰名世界的波兰作曲家、钢琴家。有"钢琴诗人"的美誉。

金色布拉格

欧洲中心内陆国，
山水金色布拉格。
老城广场自鸣铲，①
三百塔顶映山河。②
查理石桥古城堡，
利布塞王预城廓。③
伏尔塔瓦赛舟曲，
七山五镇人不多。

1997 年 6 月 18 日，于捷克首都布拉格。

---

① 老城广场自鸣钟：老城广场，是 11 至
12 世纪中欧贸易通道的十字路口，最重要的
市集，是一系列决定国家历史命运的政治事

件发生地。自鸣钟，是老城广场最有特色的古建筑之一，建于16世纪，是一件稀世珍宝。

② 三百塔顶映山河：在布拉格市区，除教堂外，还有许多高级住宅的房顶都涂有一层薄金，从高远处看去，一片金光闪闪。这也是金色布拉格的由来。

③ 利布塞王预城廓：传说古时候有一个女王，她的名字叫利布塞。有一天晚上，她做了一个梦，梦见了一座美丽的城市。醒来后，她按照这个梦修建了都城，这就是布拉格城。

斯洛伐克

双十三山盾上盘，^①

杰云古堡厅场馆。^②

首都城徽门洞墙，

多瑙河上大桥悬。

夏季雪景崖林立，

阳光明媚多温泉。

青山绿水花常开，

老天偏爱巴阡山。

1997 年 6 月 20 日，于斯洛伐克首都布拉迪斯拉发市。

---

① 双十三山盾上盎：斯洛伐克国徽图案上有双十、三山、盾牌；双十，表示纪念两个

创造斯洛伐克的人；三山，指塔特拉山、法特拉山和马特拉山；盾，表示防御。

② 杰云古堡厅场馆：杰云古堡，是市内最大的名胜，建于 1278 年，曾屡遭毁坏，1955 年修复后，成为一个拥有音乐厅、博物馆、展览馆、露天剧场等设施的大型综合文娱中心。

音乐之都维也纳

音乐之都维也纳，①
云集世界音乐家。
施特劳斯华尔兹，
多瑙河岸古典雅。
英雄广场美泉宫，②
建筑风格欧罗巴。
欧洲心脏奥地利，
五多一少风景画。③

1997年6月24日，于奥地利首都维也纳。

---

① 音乐之都维也纳：维也纳，奥地利首都，
世界最著名的音乐之城，素有"多瑙河女神"
之称。维也纳音协演奏厅最初建于1867年，

是座意大利文艺复兴时期的建筑，一年一度的新年交响音乐会就在这里举行。

②　英雄广场美泉宫：约 300 年前，现美泉宫旧址是一片森林，1569 年马克西米利安二世在此修建了一所猎官，1619 年马提亚斯皇帝在这里发现了一泓清泉，命名为"美泉"，并一直使用至 18 世纪末，美泉宫因此得名。现法国式的庭院始建于 1705 年，最终完成于 1780 年。

③　五多一少风景画：这是奥地利优美景致的概括。五多，高山多、森林多、鲜花多、湖泊多、河流多；一少，污染少。

南斯拉夫

青山绿水美家园，
森林葱郁麦浪翻。
古老民族创文明，
强盛雄称巴尔干。
苏东剧变国分五，①
国家局势处境艰。
强盗轰炸不低头，
坚强精神世称赞。

2000 年 6 月 13 日，于南斯拉夫贝尔格莱德。

① 苏东剧变国分五：苏东，指苏联和东欧；国分五，1963 年南斯拉夫社会主义联邦共和国时，由塞尔维亚、黑山、克罗地亚、斯洛文尼亚、波黑、马其顿 6 个共和国组成；1991 年南联邦 6 个共和国中的 4 个（斯洛文尼亚、克罗地亚、波黑、马其顿）相继宣布独立；1992 年 4 月 27 日，议会中的塞尔维亚和黑山的代表通过新宪法，宣布两共和国组成一个新的国家，即南斯拉夫联盟共和国。至此，前南已分成 5 个国家。

布莱德湖

萨瓦河源明珠镶，
阿尔卑斯山麓旁。
古朴城堡湖心岛，
密林浓翠隐教堂。
滑冰场上冰花溅，
月白风清钟声扬。①
丽日雪融凌波注，
名湖旖旎尽风光。

2000年6月14日，于斯洛文尼亚布莱德湖。

---

① 月白风清钟声扬：传说在教堂钟楼里曾有3口古钟，其一沉落湖底，月白风清之夜，人们站在湖旁能听到湖心传来的隐隐钟声。

普雷克里日耶别墅

古代建筑草顶房，
梁檩架构城堡墙。
木质板壁地墙隔，
房中悬吊烛光亮。
举杯酬酢话友谊，
珍馐佳肴溢芳香。
和平发展成共识，
历史车轮不可挡。

2000 年 6 月 16 日，于克罗地亚首都萨
格勒布。

再访斯洛伐克

欧洲中部内陆国，
三峰城堡壮山河。 ①
老城广场古建筑，
多瑙河水穿境过。
捷斯联邦分解体， ②
独立自主民选择。
两次访斯景依旧， ③
增进友谊新感多。

2000年6月20日，于斯洛伐克首都布
拉迪斯拉发。

① 三峰城堡壮山河：三峰，斯洛伐克国徽——红色盾牌下方为3座蓝色山峰；城堡，即布拉迪斯拉发城堡。

② 捷斯联邦分解体：斯捷联邦，1969年，捷克斯洛伐克共和国实行联邦制，捷、斯两民族共和国组成联邦共和国。

③ 两次访斯景依旧：1997年6月，作者率中国人民解放军友好参观团访问了斯洛伐克，2000年6月，作者陪同李鹏委员长再次访问该国。

阿塞拜疆

苏联解体阿独建，

欧亚大陆桥头边。

油气资源储量丰，

石化工业农产棉。

欧亚走廊新丝路，①

发展经济谱新篇。

石油兴国新战略，

招商引资赖能源。

2000年6月22日，于阿塞拜疆首都巴库。

---

① 欧亚走廊新丝路：指阿塞拜疆积极倡导欧盟建立"欧亚运输走廊"的"新丝绸之路"计划。

雅尔塔

南临黑海三面山，
花草果园四季艳。
克里米亚明珠誉，
海风习习翩风帆。
强权政治违民意，
三国首脑协定签。①
文艺名家荟萃地，
马桑德拉美酒产。②

2000 年 6 月 25 日，于乌克兰雅尔塔市
雅尔塔饭店。

---

① 三国首脑协定签：指苏、美、英三国首
脑 1945 年 2 月在此举行会议，会上签订了《雅

尔塔协定》。

② 马桑德拉美酒产：马桑德拉，乌克兰最著名的葡萄酒生产基地，距雅尔塔市 5 公里处。马桑德拉酿酒厂建于 1897 年，是俄国最早酿制和储藏葡萄酒的工厂。

黑色土地乌克兰

欧洲东部黑海岸，

粮仓誉称谷丰产。

兵家必争显要地，

毗邻八国富资源。①

军工科技实力雄，

吨钢粮煤成昨天。②

卫国战争英雄多，

不朽功勋载史栏。

2000 年 6 月 26 日，于乌克兰首都基辅。

---

① 毗邻八国富资源：八国，北邻白俄罗斯，

东北接俄罗斯，西连波兰、斯洛伐克、匈牙利，

南同罗马尼亚、摩尔多瓦毗邻，隔黑海与土

耳其相望。

② 吨钢粮煤成昨天：前苏联时期，乌克兰有过人均年产1吨钢、1吨粮和3吨煤的辉煌。

率中国老战士代表团访美①

不远万里越大洋，
加深了解走四方。
"历史记忆"增友谊，②
集会座谈参观忙。
东方文明灯塔闪，
西方霸权现真相。
友好往来人民喜，
和平发展世界亮。

2002 年 10 月 27 日，于美国旧金山飞往北京的中国国际航班上。

---

① 率中国老战士代表团访美：中国老战士代表团，亦称中国将军代表团，经国务院、

中央军委批准，由参加过反法西斯战争的将官等组成，作者担任代表团团长。这次出访，是配合国家主席访美的重要活动。

② "历史记忆"增友谊：指中国老战士代表团参加了以"历史的记忆"为主题的纪念二战期间中美两国军民共同抗击法西斯的相关活动，主要包括展览、座谈、悼念、铜像揭幕仪式等活动，从而达到增进友谊的目的。

悉尼全球反独促统大会

北京悉尼海天蓝，
和平统一促发展。
反独促统承大业，
世界人民盼平安。
华侨华人齐携手，
海峡两岸同胞连。
五洲聚首共协商，
谋求通途使命担。

2002 年 3 月 3 日，于澳大利亚悉尼市。

惠灵顿

首都中心连四方，
依山傍水天然港。
维多利亚览胜景，
群山险丘尽屏障。
市楼效居田园式，
五彩斑斓木板房。
北岛南端临海峡，
国际港口通远航。

2002年3月8日，于新西兰首都惠灵顿市。

新西兰

地球南端美自然，
移民岛国湿润天。
围栏轮牧草不衰，
牧场平整胜绿毯。
畜牧兴旺牛羊鹿，
肉奶出口世界先。
城乡风光增效益，
火山地热称奇观。

2002 年 3 月 11 日，于新西兰奥克兰市。

走访大洋洲

不远万里到澳洲，
反独促统响宇宙。
华夏子孙盼统一，
甘为祖国献力走。
隔洋莅洲八万里，
世界友情光明舟。
分裂绝途终遭弃，
春满大地耀全球。

2002 年 3 月 12 日，于新西兰惠灵顿飞往香港的班机上。

纽约

三岛五区大洋边，^①
桥梁隧道接两岸。
纽约中心曼哈顿，
高楼林立竞攀天。
摩天双塔已不见，
自由女神天水间。
帝国之都金融州，
上中下城显异点。

2002 年 10 月 15 日，于美国纽约市。

---

① 三岛五区大洋边：三岛，指曼哈顿岛、
长岛、斯塔滕岛；五区，指纽约市布鲁克林区、

昆士区、布朗克斯区、里士满区、曼哈顿区；
大洋边，指纽约位于大西洋沿岸，哈得孙河、
东河流经市区。

华尔街

曼哈顿岛最南端，
弯曲短街一线天。
国际金融神经钟，
证券交易晴雨现。
开国总统就职台，
黄金之都华尔繁。
亿万富翁代名词，
风光各异酸辣甜。

2002 年 10 月 15 日，于美国纽约华尔街。

华盛顿

三权鼎立都市建，
南北天然分界线。
布局匀称正方形，
城市职能纯又专。
四区街道棋盘状，①
詹金斯山中心点。
东西街区字母命，
南北道路数码编。
斜街全用州市名，
建筑高低有极限。

2002 年 10 月 20 日，于美国华盛顿。

① 四区街道棋盘状：四区，指詹金斯山是华盛顿的中心点，将城市分为西北、东北、西南、东南四个扇形区。

旧金山

高低错落傍海建，
九曲花街十八湾。
道路起伏缆车奇，
金门海湾悬索宽。①
科依特塔古信台，
渔人码头双峰山。
黄金之州阳光城，
知识密集硅谷冠。

2002 年 10 月 25 日，于美国旧金山市。

---

① 金门海湾悬索宽：金门，指金门大桥；
海湾，指海湾大桥。

布达佩斯

布达佩斯站两边，
多瑙河水中间穿。①
三岛八桥连两城，
高山环抱盆地间。②
草木而居葡萄藤，③
英雄广场庆千年。
百泉喷涌河岛绿，
巴拉顿湖淡水甜。

2006 年 8 月 8 日，于匈牙利首都布达佩斯。

---

① 布达佩斯站两边，多瑙河水中间穿：布
达佩斯，由布达和佩斯两部分组成。布达先
于佩斯建城，两部分的建筑也大不相同：布

达古老，佩斯现代。多瑙河自北而南将布达佩斯分为两岸，西岸是布达城，东岸是佩斯城。1837年两岸合并为布达佩斯市。

② 三岛八桥连两城，高山环抱盆地间：匈牙利位于欧洲中部，是内陆国家。属于多瑙河中游盆地，大多为平原和丘陵。盆地周围有高山环抱。布达佩斯处于多瑙河两岸，是多瑙河干流最大城市，是3岛8桥构成的城市。河心自北向南分布着老布达岛、玛格丽特岛、切佩尔岛，分别是布达佩斯的发祥地、游乐中心、工业基地。其中最古老、最有名的是"链子桥"。

③ 草木而居葡萄藤：匈牙利人，自称他们的民族有一种"葡萄藤"气质。所谓"葡萄藤"气质，指的是"农民意识"。

再访圣彼得堡

四十八岛河漫滩，
百条河流千桥连。
涅瓦河水似玉带，
波罗的海大港湾。
圣彼得堡帝制严，
北方战争夺口岸。
十月炮响冬宫开，
人民欢呼亮了天。

2006年10月8日，于俄罗斯圣彼得堡市。

慕尼黑皇家啤酒馆

五人条凳对面摆，
长方木桌中间台。
靠墙五人小乐队，
兴舞人动歌声来。
百年老店啤酒鲜，
猪肘香肠土豆菜。
吼声脚声杯桌声，
顺风大耳难辨白。

2006 年 10 月 12 日，于德国慕尼黑市。

慕尼黑新天鹅城堡

行军三百福森到，

阿尔卑斯半山腰。

两山小桥城堡显，

万丈小溪响云霄。

童话世界意境奇，

山岭之巅群山抱。

外形独特内饰巧，

唯美脱俗梦想高。

2006 年 10 月 13 日，于德国慕尼黑市新
天鹅城堡。

德国

南高北低属温带，
中欧西部临两海。①
经济发达工业国，
勤劳整洁劳动赛。
文化熏陶育民俗，
书迷艺术思想开。②
雄鹰展翼显力勇，
金黄国徽似盾牌。③

2006 年 10 月 15 日，于德国首都柏林市。

---

① 中欧西部临两海：两海，指北海和波罗
的海。

② 文化熏陶育民俗，书迷艺术思想开：实

在、勤奋、准时、节俭，做事有板有眼，是德国人的一些共同性格特点。德国是博物馆王国，人们喜欢读书、藏书，也喜欢把图书赠送亲友，其名人与艺术对人们的思想与民俗的影响很大。

③ 雄鹰展翼显力勇，金黄国徽似盾牌：国徽，为盾形。盾底为金黄色，上有一只黑色雄鹰。鹰的嘴和爪为红色，双翼展开。雄鹰是力量和勇气的象征。

再访荷兰

低洼风车数荷兰，
碧草如茵百花艳。①
拦海大坝博物馆，
围海造地莱利现。②
第一大港鹿特丹，
欧洲门户世界连。
运河交错岛桥奇，
河口渔村斯特丹。③

2006 年 10 月 17 日，于荷兰首都海牙市。

---

① 　低洼风车数荷兰，碧草如茵百花艳：荷
兰被誉为"风车之国""低洼之国""花卉
之国"。位于西部北海之滨。地势低平，约

24% 的面积低于海平面，三分之一的面积海拔仅 1 米，是著名"低洼之国"。自古受洪涝之害，兴建了大量规模巨大的拦水大堤坝和排水工程，围海造陆地面积已达 60 万公顷。荷兰花卉出口约占世界市场的 40%。

② 拦海大坝博物馆，围海造地莱利现：莱利，即拦海大坝——须德工程计划的设计师，并将在围垦地上建成的新省省会命名为莱利市。

③ 河口渔村斯特丹：斯特丹，即阿姆斯特丹市。

拦海大坝

拦海造地工程大，
须德海口起巨坝。
缩短岸线六百里，
海水侵袭回老家。
高速公路淡水湖，①
低洼之国地增加。
塑像新省莱利名，②
长城大坝宇宙夸。③

2006 年 10 月 17 日，于荷兰拦海大坝。

---

① 高速公路淡水湖：高速公路，指拦海大
坝 1927 年开工，1932 年完工，坝基宽 220 米，
高 10 余米，全长 32.5 公里，坝顶为高速公

路，并留有铁路路基；淡水湖，大坝建成后，缩短了海岸线 300 公里，大大减轻了海水对内陆的侵袭，须德海亦逐渐变成了淡水湖。

② 塑像新省莱利名：指"须德海工程计划"是由著名水利工程师莱利设计的；荷兰人民为了纪念他的功绩，在大坝的西端雕有他的塑像，并将在围垦地上建成的新省省会命名为莱利市。

③ 长城大坝宇宙夸：据说宇宙航行员在空中能看见中国的长城和荷兰的拦海大坝。

再访卢森堡

驿站哨所城堡国，
百座桥梁造型多。
老城新区列两岸，
深沟阿尔蔡特河。①
摩尔风格大公府，
唱诗台上复兴乐。
纪念碑柱金女人，
战争罪犯希特勒。

2006 年 10 月 18 日，于卢森堡。

---

① 老城新区列两岸，深沟阿尔蔡特河：卢森堡市，人口 7.83 万，面积 51.2 平方公里。市区地处丘陵地带，流往市中心的阿尔蔡特

河将市区一分为二，河上横跨 95 座造型各异的大桥。河右岸为老城，有大公府和建于 17 世纪的圣·米歇尔教堂。河岸边陡峭的崖壁上，古时的城堡炮台、垛口仍依稀可见。左岸是新兴的商业区。

袖珍国家摩纳哥

乘车过洞至中空，
层层电梯到顶峰。
地中海滨美港湾，
戒备森严城堡雄。
岩石花园摩纳哥，
气候宜人秀丽景。
旅游支柱拉力赛，
皇宫赌场袖珍城。

2006 年 10 月 21 日，于摩纳哥。

意大利

罗马帝国发祥地，
七丘之城胜迹丽。①
著名水都威尼斯，
百岛千街河桥奇。
文艺复兴发源地，
佛罗伦萨花城喜。②
城中之国梵蒂冈，
百亿美元富人集。

2006年10月24日，于意大利首都罗马市。

---

① 罗马帝国发祥地，七丘之城胜迹丽：罗
马是意大利首都、古罗马帝国的发祥地，世
界著名的历史文化名城，联合国粮食和农业

组织所在地。罗马地处丘陵地带，台伯河从市内穿过。罗马开始只在河左边发展，建在七座山丘上，故有"七丘城"之称。

② 佛罗伦萨花城喜：佛罗伦萨，意为"花名"，以百合花为城徽图案。

哥本哈根

美人鱼儿铜像真，
九百年前小渔村。①
村前小岛建要塞，
哥本哈根商人勤。
古城从不争高低，
骑车上班健身心。
哥本哈根大扩展，
海峡大桥连陆群。②

2006 年 10 月 26 日，于丹麦首都哥本哈根市。

---

① 美人鱼儿铜像真，九百年前小渔村："美人鱼"铜像，也叫"大海的女儿"，高 1.615

米，安放在海滩岩石上。900 年前，这里出现了一个叫"哈文"的小渔村。1167 年，在村前小岛上建立要塞。1254 年成为贸易港，起名哥本哈根，即"商人的港口"。1445 年为丹麦首都。

② 哥本哈根大扩展，海峡大桥连陆群：波罗的海通大西洋的重要出口，丹麦、瑞典之间来往靠轮渡，天气恶劣时停渡。2000 年，费时 6 年，耗资 25 亿美元的海峡大桥通车，它全长 17.6 公里，铁路双线、公路 4 车道，坐汽车只需 15 分钟就过海峡了。由于西兰岛通往日德兰半岛的大贝尔特海峡大桥亦已通车，哥本哈根以及北欧诸国从此与欧洲大陆连为一体了。哥本哈根市民三分之一骑自行车上班、上学。

跳雪台

峡湾连城通大海，[①]
豪门山顶跳雪台。
气势雄伟展翅飞，
十万宾朋看大赛。
越野千里速降道，[②]
人生之初滑雪来。
滑雪历史博物馆，
远望神怡映风采。

2006 年 10 月 27 日，于挪威首都奥斯陆
市郊豪门口山顶跳雪台。

① 峡湾联城通大海：峡湾，即奥斯陆峡湾。

② 越野千里速降道：挪威仅越野速降滑雪道就有 2600 多公里长，奥斯陆地区的滑雪道有灯光的多。

维格朗雕塑公园

石桥两侧小栏杆，
人生旅程雕上边。
六个巨人托石盆，
玫瑰园后喷水泉。
人体浮雕生命柱，
三十六组花岗岩。
生命之轮铜雕塑，
千姿百态遐想篇。

2006 年 10 月 28 日，于挪威首都奥斯陆
市维格朗雕塑公园。

四

——

兰竹风骨

(4)

七言诗选

长寿歌

为祝贺休息老同志健康长寿而作。

读书写画心胸宽，
社会交往应健谈。
劳逸适度常运动，
家庭和睦邻里安。
生活饮食宜规律，
起居作息成习惯。
力所能及尽义务，
健康长寿皆喜欢。

1981 年 8 月 1 日，于河北省石家庄市。

中央党校学习

改革开放日日新，
中央党校炼真金。
社会模式种种样，
学习理论是非分。
重温经典《资本论》，
一生坚信马列真。
中国特色初阶段，
基本路线定乾坤。

1987 年 7 月 18 ヨ，于北京。

志在千里

六十练武一老兵，
志在千里不放松。
晨起走路健身体，
晚游城乡总有情。
三更灯火五更鸡，
星月照窗伏案耕。
公仆为民心里乐，
人生应是北斗星。

1998 年 4 月 1 日，于安徽省巢湖。

登九华山

雄奇灵秀自天然，
九十九峰九华山。
峰上有峰峰居中，
山外有山山抱山。
群峰竞秀千百态，
五溪环绕巍峭山。①
山光竹影凤凰松，
九子更名一名山。②

1998 年 4 月 5 日，于安徽省九华山。

---

① 五溪环绕巍峭山：五溪，指环绕在
九十九峰之间的龙溪、缥溪、舒溪、双溪、
廉溪等 5 条主要溪流。

②　九子更名一名山：九华山原名九子山。唐朝大诗人李白有"昔在九江上，遥望九华峰，无河挂绿水，绣出九芙蓉"诗，从此更名九华山。

黄山松①

奇生高山石缝中，
破石穿云仍从容。
峭壁深处汲养分，
坚韧不拔生命勇。
松松海洋松松奇，
峰峰石骨峰峰松。
默默生存傲天地，
一心奉献乐无穷。

1998 年 4 月 8 日，于安徽省黄山。

---

① 黄山松：黄山松大多生长在 800 米以上的高山，以石为母，破石而生，只要有一点缝隙，它就可以从中生根，向岩石深处汲取

养分，在疾风骤雨中永存，在冰雪严寒中挺立。黄山松，高者数丈，矮者几寸。愈高愈挺，苍劲雄伟，翠枝舒展，落落大方，充满了奋发向上的勃勃生机。愈矮则愈奇，或立或卧，大都生长在悬崖绝壁，山巅风口，盘根虬枝，凌空飞舞，形态各异，展示着与天斗与地斗，披狂风傲霜雪的无穷乐趣。黄山松，默默生存，傲示天地，塑造了独有的风格，那就是生命不息，奋斗不止，顶风傲雪的自强精神，百折不挠的进取精神，坚韧不拔的拼搏精神，众木成林的团结精神，全心全意的奉献精神。

一大先驱南湖船

上海青浦细雨绵，
乘兴登上南湖船。①
一大乘风启航程，
万里踏浪开新篇。
革命先驱十三人，②
党纲决议细构建。
嘉兴南湖燃星火，
神州大地已燎原。

1998年5月19日，于浙江省嘉兴市南湖。

---

① 乘兴登上南湖船：南湖船，1921年7月，
在上海法租界秘密召开中共一大，由于租界
巡捕的干扰，转移到嘉兴南湖一艘游船上继

续举行。会议讨论、通过了中国共产党党纲和决议，宣告中国共产党正式成立。

② 革命先驱十三人：指出席一大的李达、李汉俊、董必武、陈潭秋、毛泽东、何叔衡、王尽美、邓恩铭、张国焘、刘仁静、陈公博、周佛海、包惠僧。

闯关东

私有社会万恶源，
殖民主义罪滔天。
饥寒交迫闯关东，
哪里有咱穷人天？
天下乌鸦一般黑，
识人更识天外天。
刚正不阿历风雨，
革命老区艳阳天。

1999年7月20日，于黑龙江省牡丹江市。

红旗渠

林州缺水愁断肠，
千军万马战太行。
十年引来漳河水，
人工天河惊玉皇。
鲁班弟子闯世界，
凭借巧手奔小康。
吃水莫忘引水人，
"红渠精神"放光芒。①

1999年6月1日，于河南省林州市红旗渠。

---

① "红渠精神"放光芒：红渠精神，指红
旗渠精神。

军旅生涯六十年

英勇百战铭日月，
忠心为民志山河。
文武历练两结缘，
保家卫国甘蹈火。
战斗不止千秋业，
军旗永红扬翰墨。
和善尚武抑恶旨，
生命践行长城歌。

2003 年春，于北京。

论学

为学之道贵恒勤，
潜心铸炼求精深。
胸怀理想游学海，
心系使命砺终身。
实践检验试金石，
钢梁能磨绣花针。
大浪淘沙竞千古，
文章读罢品做人。

2003年1月1日，于北京西山。

友谊歌

人生漫漫铸友谊，
真正友谊不容易。
相知相助诚可贵，
纯朴播种热情系。
严己宽人讲原则，
谅解宽容勤护理。
贫富危难试金石，
志同道合岁弥坚。

2003 年 2 月 2 日，于北京。

读书

满架图书百万兵，
精读细研韬在胸。
陶冶心智敏聪慧，
纵览博学境界升。
良书健脑胜药方，
益智延年寿恒增。
精神食粮营养素，
笔耕不辍乐无穷。

2003 年 4 月 25 日，于河北省石家庄市。

兵书

武库兵书典籍星，
古今精华学致用。
文韬武略集智慧，
军事哲学瑰宝经。
运筹帷幄谋策奇，
驰骋征战屡建功。
屹立潮头宏图绘，
人民战争力无穷。

2003 年 5 月 23 日，于北京。

书香

博古通今书为径，
学以致用冰雪融。
去糟取精墨海香，
桃李不言胜有声。
艰难险阻化春雨，
惊涛骇浪波自定。
放眼世界天地阔，
万紫千红无限情。

2003年6月1日，于北京。

三闯关东历千险

黑土肥沃产大粮，
物产丰富出宝藏。
浩瀚林海大草原，
历史悠久好地方。
天灾人祸下关东，①
三座大山压身上。②
刚正不阿意志坚，
历尽千险见太阳。

2004 年 9 月 3 日，于黑龙江省牡丹江市
宁安县。

①　天灾人祸下关东：关东，即指山海关以东的辽宁、吉林、黑龙江三省和内蒙古的东四盟地域。在旧社会，由于天灾人祸，关内的人闯关的何止千万，仅 20 世纪 30 年代以前，每年山东去东北的约有几十万，不少年份过百万。这是一段悲壮历史。

②　三座大山压身上：三座大山，即指压在人民头上的帝国主义、封建主义、官僚资本主义三座大山。

过二郎山

苍松林海云雨烟，
春雪飞降银树灿。
拔地千仞锁关隘，
壑岭坝川两重天。
荒芜沉寂多少年，
一曲唱响惊世篇。①
人民军队扬美名，
川藏公路第一山。

2005 年 4 月 12 日，于四川省甘孜藏族
自治州泸定县二郎山。

① 一曲唱响惊世篇：一曲，指《歌唱二郎山》。1950年，中国人民解放军进军西藏时，修筑公路，随军作曲家洛水、时乐蒙创作的《歌唱二郎山》问世。这首歌曲，表现了当年进藏部队为了解放西藏人民和巩固边防，不怕艰难困苦，一面进军，一面修路的革命乐观主义精神，在部队和康区、西藏人民中普遍传唱，获全军首届文艺会演创作一等奖，后流行全国。

泸定桥上忆长征

地龙扣环铁锁连，
十三条索接两岸。
雄关耸峙川藏喉，
大渡河水浪涛天。
红军飞夺泸定桥，
突破天险转危安。
铁索桥上忆长征，
育人建国固江山。

2005年4月12日，于四川省泸定县泸
定桥。

大渡河

发源青海果洛山，[①]
谷坡陡峭布险滩。
水流湍急三千里，[②]
乐山入岷大江欢。
沿河两岸水电站，
冲积扇面垦农田。
军事要地敌堵严，
长征精神谱新篇。

2005 年 4 月 14 日，于四川省泸定县磨
西镇。

---

① 发源青海果洛山：指大渡河发源于青海
省班玛县北部之果洛山东南麓，称麻尔曲。

② 水流湍急三千里：指大渡河从源头汇入岷江处，全长 1155 公里，流域面积 9.2 万平方公里，全河落差 3600 米。

金色年华

少年抗日踏征程，
解放战争浴血勇。
保卫祖国重使命，
塞外戍边练精兵。
军校八载育桃李，
北国砺剑铸长城。
调研立法系国根，
华阳正午献真情。

2005 年 5 月 19 日，于北京。

铸剑为犁守边关

天山南北亘古原，
绿洲盆地河谷间。①
十万大军出西域，
铸剑为犁成边关。②
党政军企独建制，
五位一体创典范。③
艰苦奋斗出奇迹，
改造大漠育良田。
振兴边陲卫星城，
农牧团场布满线。
强边固防建新疆，
兵团精神铸新篇。④

2005 年 9 月 17 日，于新疆维吾尔自治区石河子市。

① 绿洲盆地河谷间：指新疆境内山地、丘陵、平原、盆地、高原五种地形齐备，基本特征是"三山夹两盆"。自北而南依次是阿尔泰山脉、准噶尔盆地、天山山脉、塔里木盆地、昆仑山—阿尔金山脉。兵团所属单位大都分布在绿洲、盆地边沿和山间谷地，在天山南北形成了 13 个行政区划带。所辖 14 个师（局），分布在 13 个地、州、市内，其土地面积 7 万多平方公里。

② 党政军企独建制：指屯垦戍边，是一种边疆屯垦，是国家为了保卫和建设边疆，实行的寓兵于民、兵农合一、劳武结合的军政制度。对外是巩固边疆、维护祖国统一的坚强堡垒，对内是发展经济、团结各族人民的柱石。

③ 五位一体创典范：指生产建设兵团已组成为亦工、亦农、亦商、亦学、亦兵五位一体的典范。

④ 兵团精神铸新篇：兵团精神，坚持和发

扬社会主义、爱国主义、全心全意为人民服务的精神，其核心是四句话、十六个字：热爱祖国，无私奉献，艰苦创业，开拓进取。

金寨县

八山半水半分田，
一分道路和庄园。
北衔中原南控江，^①
咽喉门户天堂险。^②
十万儿女闹革命，
红色之乡将军县。
浴血千里鄂豫皖，
跃进春曲大别山。

2006 年 4 月 13 日，于安徽省金寨县。

―――――――――――――――――――

① 北衔中原南控江：江，即长江。

② 咽喉门户天堂险：金寨县位于安徽省西
部，大别山北麓，连湖北、河南两省，界六

安、霍山、霍邱、固始、商城、麻城、罗田、英山八县，为鄂豫皖的门户，是东南沿海与中原腹地过渡带的咽喉，其境中崇山峻岭，关寨百处，地形险要。

红色岳西①

天柱之西天堂险，

江淮分水界鄂皖。

山高林密群峰立，

屯兵扼守拉锯战。

前仆后继浴血勇，

卓绝苦斗不畏难。

纯朴乡土育红军，

赤旗不倒二十年。

2006 年 4 月 16 日，于安徽省岳西县。

---

① 红色岳西：岳西是革命老区，红军有三

个军曾在这里浴血奋战，有一个军是在这里

诞生的。在新民主主义革命斗争中，岳西有

3.8 万余人献出了生命，其中县团以上干部牺牲 100 多名，从 1928 年到 1936 年的 8 年中，领导岳西人民进行革命斗争的 13 任县委（工委）书记中有 8 任在战斗中英勇牺牲，他们前仆后继，继续战斗。

六学《资本论》①

百科全书《资本论》，
三个部分于一身。②
经济学说破资本，
社会主义是真金。③
心铸理想四十年，
百万巨著指南针。
学以致用试金石，
立场观点方法论。④

2006 年 7 月 1 日，于北京。

---

① 六学《资本论》：我读马克思的《资本论》
是从五十年代初开始的，至 1953 年读完了
第一遍。之后，我制定了《认真看书学习计划》

和《修养要则》等。

1957年至1959年再学马克思《资本论》，在通读的基础上，对重点地方反复看几遍。在五十年代还学习了毛泽东《古田会议决议》《论联合政府》《中国革命战争的战略问题》《目前形势和我们的任务》《论持久战》《将革命进行到底》和列宁《帝国主义是资本主义的最高阶段》等。

六十年代通读《马克思恩格斯全集》时，重点看了马克思的《资本论》即《全集》的第23卷：卡尔·马克思《资本论》第一卷资本的生产过程；第24卷：卡尔·马克思《资本论》第二卷资本的流通过程；第25卷：卡尔·马克思《资本论》资本主义生产的总过程；第26卷<1>卡尔·马克思《资本论》第四卷第一册剩余价值理论；第26卷<2>卡尔·马克思《资本论》第四卷第二册剩余价值理论；第26卷<3>卡尔·马克思《资本论》第四卷第三册剩余价值理论。这次通读《全集》是在高级步兵学校学习《中国共产党简史》和人民战争战略战术之后进行的。

七十年代在学习马克思恩格斯《共产党宣言》、马克思《歌达纲领批判》、马克思《法兰西内战》、恩格斯《反杜林论》、列宁《唯物主义和经验批判主义》、列宁《国家与革命》等六本书和毛泽东《实践论》《矛盾论》《关于正确处理人民内部矛盾的问题》《在中国共产党全国宣传工作会议上的讲话》《人的正确思想是从哪里来的》等五本书的同时，我又对《资本论》的相关部分进行了重温。

1987年2月至7月，在中央党校期间，学习了马克思《资本论》（节选本）。在学习时，还选读了《＜政治经济学批判＞序言》、列宁《论粮食税》、斯大林《苏联社会主义经济问题》、毛泽东《论十大关系》和中共中央《关于经济体制改革的决定》《关于制定国民经济和社会发展第七个五年计划的建议》等。

1996年学习了《画说＜资本论＞》，该书全套4册，400千字，5000幅图画，是把马克思《资本论》通俗化的一种形式，是传播马克思《资本论》的一种新的途径，便于更多的人掌握书中的真理，还学习了中国社会主义经济问题和党的学说。

2006年学习《资本论》卡尔·马克斯原著＜缩译彩图典藏本＞，186千字，插图439幅，还进一步学习了马克思主义的三个来源和三个组成部分等。

② 百科全书《资本论》，三个部分于一身：指《资本论》是马克思花了四十多年写作成的，近200万字，是马克思最主要的著作，是马克思主义的百科全书，是马克思主义政治经济学的巨大宝库，是一部伟大的著作，它集马克思主义哲学、政治经济学、科学社会主义三个部分于一身。

③ 经济学说破资本，社会主义是真金：指《资本论》详尽地阐明了资本主义制度的发生、成长、发展到灭亡的因素条件和客观必然性，从而使社会主义理论从空想变成了科学，也就是揭示了社会主义制度是不以人们的主观意志为转移的资本主义制度内在矛盾发展的必然结果。

④ 学以致用试金石，立场观点方法论：指

马克思主义理论基础是历史唯物主义，它的方法是辩证唯物主义。它论证和检验了历史唯物主义的基本原理，而且用解剖一种社会经济制度，即资本主义制度，用深刻论证它的性质、特征和发展规律来证明的。学习马克思主义，弄通基本原理是根，着眼其立场观点和方法是本，要学以致用，改造思想，指导工作。

中原大地亮了天

四山四水润豫宛，①
地沃辽阔米粮川。
黄河淮河分水岭，②
中国南北分界线。③
历史征战几多年，
淮海决战亮了天。
社会主义救华夏，
科学发展道路宽。

2007 年 2 月 1 日，于河南省郑州市。

---

① 四山四水润豫宛：四山，指太行山、伏牛山、桐柏山、大别山山脉环绕河南的北、西、南三面，其西南部为南阳盆地，中、东

部为黄淮平原。四水，指黄河、淮河、卫河、汉江四大水系。

② 黄河淮河分水岭：指外方山和嵩山是黄河、淮河的分水岭。

③ 中国南北分界线：指桐柏山、大别山是中国南北的分界线。

沂蒙山精神

沂蒙山水育英雄，
爱党爱军浴血勇。
小车红枣乳汁献，
深沉大爱天地颂。
艰苦奋斗传统好，
长征接力代代红。
宏伟蓝图人民绘，
沂蒙精神大业功。

2007 年 4 月 16 日，于山东省临沂市。

三军会师庆长征

万水千山已证明，
红军战士荟群英。
团结胜利矗丰碑，
三军会师齐欢庆。
人民战争力量大，
供给粮草壮军行。
井冈星火延安灯，
革命燎原大地情。

2007 年 9 月 10 日，于甘肃省会宁县。

中央红军到吴起

长征一年零两天，
中央红军到陕甘。
吴起战役切尾巴，
长征胜利落脚点。
革命圣地陕甘宁，
扩大苏区战敌顽。
延安精神放光芒，
中华大地丹阳艳。

2007 年 9 月 12 日，于陕西省吴起县。

革命老区陕甘宁

革命老区陕甘宁，
中国革命大本营。
东征西征到敌后，
战胜日寇民族兴。
背信弃义蒋中正，
发动内战毁和平。
人民自卫保家园，
三战三捷歼匪兵。

2007年9月13日，于陕西省志丹县。

晋察冀边区中心五台山

华北屋脊五台山，
滹沱河水环绕转。
革命老区晋察冀， ①
军民一心保家园。
五台僧人抗日寇，
出人出枪又参战。 ②
兵圣之母戎冠秀，
壮士跳崖狼牙山。 ③

2009 年 6 月 1 日，于山西省五台县台怀镇。

---

① 革命老区晋察冀：晋察冀，指晋察冀革
命根据地和晋察冀军区。

② 五台僧人抗日寇，出人出枪又参战：指

五台山僧众积极参加抗日斗争。1938年4月16日，五台山佛教圣地举行了僧众和各界代表大会，宣告成立五台山"佛教救国同盟会"，选举代表60多人，并制定了十项工作纲领。台怀镇内48座青庙、21座黄教寺庙的各族僧侣1700余人都参加了佛救会。佛救会五台山青黄两庙18至35岁的480多名青年僧人参加了抗日救亡集训班。通过学习，分别参加了自卫队、武工队和区小队等抗日武装。成宣、慈荫分别担任僧人自卫队分队长，成为一支特殊武装。镇海寺喇嘛打开章嘉活佛的两处窑洞，取出步枪160支、二驳合子手枪100支、马枪30支、冲锋枪8支、手提式冲锋枪4支、迫击炮1门、轻机枪1挺、手枪60多支，装备了自卫队；1942年4月和1943年3月，将埋藏在显通寺的123支步枪、1挺机枪及1.2万发子弹、500枚手榴弹交给了抗日武装。据解放后统计，五台山有然昌、赵廉、赵芝仁、悟金、素静等40多名僧人参加了抗日军队，担任地师级以上的有20多人。五台山僧人开创了我国宗教界抗日先河，在全国立起一面爱国主义旗帜，为中国人民解放事业做出了积极的贡献。

③ 兵圣之母戎冠秀，壮士跳崖狼牙山：兵圣，指人民子弟兵；壮士，指狼牙山五壮士。

英雄城市南昌

八一起义第一枪，
军队诞生党武装。
朱毛会师井冈山，
古田会议放光芒。
雪山草地两万五，
打败日寇和老蒋。
璀璨将星耀中华，
钢铁长城屹东方。

2010 年 4 月 1 日，于江西省南昌市。

井冈山精神代代传

秋收起义第一山，
中国革命的摇篮。
农村包围城市路，
决战决胜毛委员。
井冈精神传后人，
千秋大业代代传。
共产主义康庄道，
红绿相映永向前。

2010年4月4日，于江西省井冈山市茨坪。

万里长征出发线

中央主力集结点，
于都补充作动员[①]。
八大渡口架浮桥，
万里长征出发线[②]。
十送红军鱼水情，
士气高昂战敌顽。
千山万水踩脚下，
战略转移到延安[③]。

2010年4月7日，于江西省于都县。

---

① 中央主力集结点，于都补充作动员：
1934年，由于"左倾"冒险主义的错误领导，
中央苏区第五次反"围剿"失败，中央红军

被迫实行战略转移。10月上、中旬，中央红军1、3、5、8、9军团，分别从瑞金、兴国、宁都、石城、长汀、宁化等地陆续进抵于都县，进行集结待命与兵员、粮款、武器弹药的补充。

② 八大渡口架浮桥，万里长征出发线：1934年10月17日至20日，中央领导机关及中央红军主力8万6千余人，先后从于都县城的东门、南门、西门等8个渡口和14个徒涉口，渡过了于都河。10月18日，毛泽东、朱德、周恩来等中央领导随中央红军从东门渡口过河，开始了长征。

③ 千山万水踩脚下，战略转移到延安：中央红军历经千辛万苦，经过艰苦卓绝的奋斗，战胜千难万险，历时一年，纵横十一省，长征二万五千里，到达了陕北的延安，取得了长征的伟大胜利，开创了中国革命的新局面。

大庆精神领航行

松嫩平原自然景，
生态湿地温泉城。
天然百湖大油田，
绿色之都文化城。
三老四严铸大庆，①
两种精神领航行。②
科技领先稳高产，
世界石化最高峰。

2010 年 9 月 17 日，于黑龙江省大庆市。

---

① 三老四严铸大庆：三老四严，即对待革
命事业，要当老实人，说老实话，办老实事；
对待工作，要有严格的要求，严密的组织，

严肃的态度，严明的纪律。

② 两种精神领航行：两种精神，即大庆精神和铁人精神。大庆精神，即：产生于60年代石油会战时为国争光、为民争气的爱国主义精神；独立自主、自力更生的艰苦创业精神；讲究科学、"三老四严"的求实精神；胸怀全局、为国分忧的奉献精神。铁人精神，即：爱国、创业、求实、奉献。其内涵丰富，主要包括：为国分忧、为民争气的爱国主义精神；宁肯少活二十年，拼命也要拿下大油田的忘我拼命精神；有条件要上，没有条件创造条件也要上的艰苦奋斗精神；干工作要经得起子孙万代检验，为革命练一身硬功夫、真本事的科学求实精神；甘愿为党和人民当一辈子老黄牛，埋头苦干的奉献精神。

红军巧渡金沙江

横断山脉川滇唱，
红军巧渡金沙江。
工农将士破天险，
英明决策神妙方。
中武笔架拱卫立，
皎平渡江旋花亮。
甩掉敌军围追截，
转危为安威名扬。

2012 年 5 月 28 日，于四川省会理县皎平渡厘金卡。

扎西会议

鸡鸣三省集结域，①
扎西会议定大计。②
坚定党的好领导，
再占遵义北上急。
成立川南游击队，
建立革命根据地。
扩大红军三千多，
部队整顿增士气。

2012 年 6 月 3 日，于云南省威信县扎西镇。

———————————————

① 鸡鸣三省集结域：三省，指滇、川、黔
三省交界之地云南省威信县。

② 扎西会议定大计：1934 年 2 月 4 日，

毛泽东、朱德、周恩来、张闻天率中央红军进入威信县，至 14 日离境，前后计 11 天。中共中央于 5 日在水田寨花房子召开政治局常委会，由张闻天代替博古在中央负总责，最终结束王明"左"倾机会主义领导。8 日上午在石坎庄子上召开政治局会议，通过《中共中央关于反对敌人五次"围剿"的总结决议》，即著名的《遵义会议决议》。9 日晚至 10 日凌晨，在扎西江西会馆召开政治局扩大会议，决定回师东进、缩编红军、成立川南游击队，粉碎了蒋介石三省围歼红军于扎西的图谋。

五

——

岁月静好

(4)

七言诗选

旺火①

重大节日旺火开，
家家户户宝瓶摆。
凿炭伐薪午夜燃，
煤到民间造福来。
鞭炮齐鸣赤焰天，
吞云吐火飞龙赛。
百里人潮舞翩跹，
晋蒙大地乐开怀。

1968 年 2 月 13 日元宵节，于山西省大
同市怀仁县。

---

① 旺火：煤的作用远在古代就已渗透到风
俗民情之中，其中生旺火就是在内蒙古和山

西等一些地方的传统习俗。在民间，点旺火有红红火火、旺气冲天的寓意。

逢春节除夕和元宵节，家家户户院落门前都要用大块煤炭垒成一个宝瓶状，名曰旺火，以图吉利，祝贺全年兴旺之意。里面放柴，外面贴上大红字条，上写"旺气冲天"等字。单等午夜十二点，鞭炮齐鸣之时，将旺火点燃。点燃后，火苗从无数小孔中喷出，状若浮图，既御寒，又壮观。大人孩子围一圈，有的做游戏，有的放鞭炮，男女老少都来烤火，以图"旺气冲天"。孩子也可以走街串巷观看，评论火堆大小，谁家的火堆大，着得旺，谁的旺气也大。

旺火以怀仁县为最。它有四大特点：

一、选煤精良。在元宵节前预选优质原煤，精心切割成整齐方块。

二、造型美观。将旺火垒成底小、肚大、顶尖、内空的宝瓶状，只有这样，才能达到燃烧净尽而旺火不塌。

三、逐年增高。垒砌旺火时，每年都比前一年增高一些，达到一年胜似一年之喻意。

四、规模宏大。每年怀仁县内街道都要垒砌五六十座巨大旺火，其中最大者用 80 吨煤垒成，高达十余米，可谓规模庞大。

天府之国都江堰

岷江源流在松潘，
灌县境内都江堰。
遇湾截角乘势导，
逢正抽心因时办。
李冰父子创奇迹，
低作堤堰深挖潭。
成都坝子旱涝丰，
受灌良田八百万。

1984年9月15日，于四川省灌县都江堰。

呼和浩特

南临黄河北枕山，
塞外青城四百年。
北疆要地新城起，
归绥旧城变新颜。
歌海舞乡浓风情，
大青山外绿草原。
毛纺工业重基地，
昭君出塞千年传。

1993 年 8 月 26 日，于内蒙古自治区呼
和浩特。

冀中明珠保定

战国燕赵分界线，
西汉设邑元名诞。
屏障北京南大门，
重镇保定首府建。
铁球小菜古莲池，
华北明珠白洋淀。
武装斗争显神威，
人民英雄天下传。

1997 年 4 月 3 日，于河北省保定市。

南海燕窝岛

燕窝精品产海岛，①
益补增寿稀世宝。
食之鱼虾金丝燕，
吐出胶体液筑巢。
世人常夸此品高，
谁怜金燕飞寻叫？
生态平衡需保护，
莫为燕窝伤益鸟。

1997 年 12 月 10 日，于海南省万宁县。

———————————————

① 燕窝精品产海岛：燕窝是金丝燕食之鱼
虾，拌以胃液，吐出的胶体液筑成的巢，有

润肺补气、化痰止咳之功效，故被视为非常
益补名贵之精品。古有"香有龙涎，菜有燕窝"
之说。

热带明珠五指山①

海南高峰五指山，
环状辐射层递减。
山光水色交相映，
险道蜿蜒萦山间。
珠含巨蚌傲南国，
峰似利锯伐蓝天。
胜境从来去雕饰，
遥呼泰岳比双峦。

1997 年 12 月 14 日，于海南省五指山。

---

① 热带明珠五指山：五指山，海南第一高
山，是海南岛的象征，也是我国名山之一。
位于海南岛中部，峰峦起伏成锯齿状，形似

五指，故得名。五指以第二指为最高，海拔1867米，比五岳之首的泰山还要高出342米。五指山区遍布热带原始森林，层层叠叠，逶迤不尽。

大别山

雄峙三省交界线，①
南临长江汉宁建。②
长江淮河分水岭，
富林丰矿多资源。
北为山岳丛林地，
南部水网坦平川。
当年刘邓跃千里，③
战略反攻全局牵。

1998 年 4 月 12 日，于大别山。

---

① 雄峙三省交界线：三省，即河南、湖北、安徽。

② 南临长江汉宁建：汉宁，即武汉和南京。

③ 当年刘邓跃千里：刘邓，即刘伯承和邓小平，喻指刘邓大军。

南京中华门

城池城墙连城堡，^①

瓮城券门通马道。^②

独特建筑藏兵洞，^③

千斤闸闭固锁钥。^④

砖砌石裹高筑墙，^⑤

天然屏障础基牢。

千年古堡树一帜，

南京城垣好史料。

1998年5月7日，于江苏省南京市中华门。

---

① 城池城墙连城堡：城堡，指南京中华门。中华门，始称聚宝门，又称瓮城，1931年改名为中华门。是明代13个城门中规模最大、

最雄伟的一个城堡，也是当今世界上仅存的首屈一指的古城堡。中华门位于南京城正南。

② 瓮城券门通马道：瓮城，指中华门的三道瓮城；券门，指中华门的四道券门贯通；马道，指瓮城两侧沿城楼各有一马道，战时可以策马直登城头。

③ 独特建筑藏兵洞：指整个城共有 27 个洞，可以藏兵 5000 人。中华门的"藏兵洞"是我国古城堡中少有的独特建筑，在古代战争中，对物资储备和兵源设伏具有十分重要的作用。

④ 千斤闸闭固锁钥：千斤闸，指各券门有上下启动的千斤闸和双扇大门。遇有敌兵攻入，城门千斤闸自动降落，切断退路，伏兵四出，分别歼灭，恰如瓮中捉鳖。

⑤ 砖砌石裹高筑墙：指南京中华门外用条石砌成，高 21.45 米，城门南北长 128 米，东西宽 118.45 米，总面积 15168 平方米。整个建筑用石灰、桐油和糯米汁等混合物作粘合剂，垒巨砖而成，极为坚固。明太祖朱元璋提出"高筑墙、广积粮、缓称王"。

浙江山水鱼米乡

苏杭自古比天堂，
钱塘潮涌茶生香。
七山一水二分地，
钟灵毓秀迷万方。
良渚文化留胜迹，
骚人墨客谱华章。
六和宝塔耸天立，
岳王吟罢红满江。

1998 年 5 月 21 日，于浙江省杭州市。

福建

东南山国临台湾，
六千余里海岸线。
海上岛屿一千四，
贸易往来七港湾。①
六大名果驰中外，②
森林覆盖国二占。
闽越文化育人杰，
山奇水秀多景点。

1998年6月3日，于福建省厦门市。

---

① 贸易往来七港湾：即三沙湾、三都湾、
罗源湾、湄州湾、泉州湾、厦门港、马尾港。
② 六大名果驰中外：即龙眼、荔枝、香蕉、
柑橘、枇杷、菠萝。

261

登天游峰

脚踏云海向天行，
云窝茶洞隐屏峰。
千级峭壁攀援上，
仙掌雪花飞白龙。①
上下天游妙高台，
六角小亭瞰胜景。②
天游峰上品岩茶，
大王玉女九溪映。③

1998年6月10日，于福建省武夷山市
天游山。

---

① 仙掌雪花飞白龙：仙掌，指仙掌峰；雪花，
指雪花泉；飞白龙，指瀑布。

② 六角小亭瞰胜景：六角小亭，指天游亭。这是一座高居岭巅的六角小亭，在此可俯瞰全山胜景。

③ 大王玉女九溪映：大王，指大王峰；玉女，指玉女峰；九溪，指九曲溪，从溪中可以看到大王、玉女等峰的映像。

马踏飞燕信息传

长城设防有九边，[①]
七十二卫万重关。[②]
横亘北国十万里，
绵延华夏三千年。
首衔渤海红朝日，
尾枕祁连雪峰巅。[③]
城堡相连烽火望，
马踏飞燕信息传。

1998年10月5日，于甘肃省武威市。

---

① 长城设防有九边：九边，明代的边防体制。九边指：

辽东镇：镇治今辽宁辽阳市，后移至今

辽宁北镇县，管辖东起丹东市宽甸县老虎头鸭绿江畔，西至山海关的长城。

蓟镇：镇治今天津市蓟县，后移至今河北迁西县三屯营，管辖东起山海关，西至四海冶（位于今北京市延庆县境）的长城。

宣府镇：镇治今河北宣化市，管辖东起四海冶，西至西洋河堡（今河北怀来县西北）的长城。

大同镇：镇治今山西大同市，管辖东起镇口台（今山西省天镇县东北），西至丫角山（今山西省偏关县东北）的长城。

太原镇，亦称山西镇：镇治今山西省偏关县，管辖东起平型关（今山西省繁峙县境），经外三关，西至黄河东岸的长城。

延绥镇，亦称榆林镇：镇治今陕西绥德县，后移至今榆林县，管辖东起清水营（今陕西府谷县北），西至花马池（今宁夏盐池县西）的长城。

宁夏镇：镇治今宁夏回族自治区银川市，管辖东起盐池县花马池，西至靖远（今甘肃靖远县）黄河两岸的长城。

固原镇：镇治今宁夏回族自治区固原县，管辖东起定边（今陕西定边县），西至金城（今甘肃兰州市）的长城、边堡和烽墩。

甘肃镇：镇治今甘肃张掖市，管辖东起金城，西至嘉峪关的长城。

② 七十二卫万重关：九边下辖卫，长城设防有九边七十二卫。卫辖所，每卫辖五个千户所，共五、六百人；每千户所辖10个百户所，共1120人；每百户所辖2个总旗，共120人；总旗下辖5个小旗，每小旗10人：万重关：指长城万里有千余个关，重要关口甚多，在重要关口都修筑了关城，其中最著名的有山海关、居庸关、八达岭、嘉峪关等，还有内三关（居庸关、紫荆关、倒马关）、外三关（雁门关、宁武关、偏关）等。

③ 尾枕祁连雪峰巅：祁连，指祁连山。

新疆昭苏天马乡

赛里木湖天山上，
果子沟景好风光。
惠远古城将军府，
伊犁盆地天马乡。
举世独一八卦城，
草原石人细毛羊。
昭苏格登记功碑，
民族风情纯朴扬。

1998 年 9 月 26 日，于新疆维吾尔自治区伊犁市昭苏草原。

瓜果吐鲁番

东西横置形橄榄，
艾丁湖水低海面。
天山南麓嵌盆地，
瓜果之乡吐鲁番。
高昌交河千年城，
大圣扬名火焰山。①
戈壁暗渠坎儿井，
葡萄沟里清泉甘。

1998 年 9 月 27 日，于新疆维吾尔自治区吐鲁番市。

---

① 大圣扬名火焰山：大圣，指古典长篇小说《西游记》中的孙悟空，也叫孙行者、孙大圣。

龙山文化

寻根问祖去龙山，
震惊中外城子崖。①
黑陶文化否谬论，
蛋壳陶杯人惊叹。
华夏文明植本土，
历史五千成定言。
炎黄子孙聚龙乡，
龙山文化耀明天。

1999年5月8日，于山东省章丘市龙山镇。

---

① 震惊中外城子崖：城子崖，位于山东章丘市龙山镇，是我国学者自己发现、自己发掘的第一处史前遗址。城子崖遗址是龙山文化的命名遗址。

绿色海洋长白山

涵养水土三江源，①
林海雪原长白山。
自然神韵资源丰，
香花异草三宝产。②
原始森林美人松，
绿色海洋保护圈。
三带树木植被奇，③
气势雄伟峰连绵。

1999 年 7 月 13 日，于吉林省延吉市。

---

① 涵养水土三江源：三江源，长白山是图
们、鸭绿、松花三江之源。

② 香花异草三宝产：三宝产，东北是三

宝——人参、貂皮、鹿茸角的产地。

③ 三带树木植被奇：长白山是东亚大陆上唯一有高山冻原带的天然综合宝库。据统计，在长白山林海中有 70 多种树木，它们按照气候、土壤等自然条件分布在三个垂直带：针阔混交林带，海拔在 1100 米以下；针叶林带，在 1100-1800 米；岳桦林带，在 1800-2000 米之间，像一条不规则的山裙，围绕在长白山火山锥体的下部。高山冻原带，在长白山顶，海拔 2000 米以上。这里无大树，仅由矮小的灌木、多年生草本、地衣、苔藓等形成广阔的地毡式的苔原植被，构成了长白山的特殊的景观类型。

西岳华山

巍巍西岳黄河边，
五岳之险数华山。
天劈石阶渺渺路，
岭峡峭崖道道关。
自古华山一条路，
侦察英雄越天险。
如今登上华山顶，
一览五峰天外天。①

1998年10月14日，于陕西省华阴市华山。

① 一览五峰天外天：五峰，指南峰落雁峰、东峰朝阳峰、西峰莲花峰、中峰玉女峰、北峰云台峰。

东北三省行

风光万千人好客，
东北三省邻三国。
林海雪原黑土地，
玉砌冰雕东北雪。
二岭三山四平原，①
七湖八江九条河。②
一面临海三面山，
雄鸡昂首晓天破。

1999 年 7 月 29 日，于黑龙江省哈尔滨市。

---

① 二岭三山四平原：二岭，指大兴安岭和
小兴安岭；三山，指长白山、医巫闾山、千山；
四平原，指松嫩平原、辽河平原、三江平原

和呼伦贝尔高原。

② 七湖八江九条河：七湖，指松花湖、镜泊湖、呼伦湖、贝尔湖、兴凯湖、达里诺尔湖、火口湖（天池）；八江，指黑龙江、松花江、乌苏里江、嫩江、牡丹江、图们江、鸭绿江、浑江；九条河，指额尔古纳河、绥芬河、洮河、辽河、西拉木伦河、老哈河、大凌河、太子河、浑河。

山路

上上下下道道关，
左左右右路路弯。
坡陡急转盘旋上，
滑行弯急下松坎。
山上松柏竹苍翠，
谷底清溪水流潺。
难忘七十二道拐，
往事历历浮眼前。

1999 年 11 月 20 日，于贵州省桐梓县
七十二道拐。

石头寨

石墙石瓦石头寨，
白壁白顶白屋排。
布依文化石建筑，
坚固岩石就地采。
蜡染刺绣出农家，
精美工艺销中外。
白水河流寨前过，
勤劳致富小康来。

1999 年 11 月 29 日，于贵州省镇宁县黄
果树镇石头寨。

绿色山城贵阳

山中有城城外山，
城中有河河贯穿。
依山建房上下排，
傍水修路左右盈。
群山环抱有平坝，
鳞次栉比楼相衔。
山青水秀好风景，
万家灯火五彩斓。

1999 年 12 月 1 日，于贵州省贵阳市。

京杭大运河

春秋战国始至元，
历时一千七百年。
穿越四省过两市，
沟通五大水系连。
运河三千五百里，
伟大工程世罕见。
南北漕运黄金道，
文化交流经济繁。

2000年1月9日，于北京。

山歌①

七言山歌诗心漾，②
春夏秋日歌圩场。
独唱合唱二重唱，
情意绵绵曲悠长。
山歌浪漫民俗韵，
壮家姑娘歌声扬。
贵客临门五彩饭，③
竹木干栏变楼房。④

2001 年 3 月 27 日，于广西壮族自治区
宁明县。

---

① 山歌：壮语叫吟诗或唱诗，是壮族流行
最广的文艺形式，有独唱、合唱、轮唱、二

重唱、对唱等。

② 七言山歌诗心漾：指山歌以七字为句；每首歌句子多少不限，但不得少于四句；句数也不能成单句；曲调不定。

③ 贵客临门五彩饭：五彩饭，指用紫、粉、白、黄、绿五种颜色做成的糯米饭。一般在重大节日、喜庆日子、贵宾临门时才吃。

④ 竹木干栏变楼房：干栏，指解放前农民居住房，其结构多为竹木干栏式建筑，即住房分上下两层，上层住人，下层养畜及放杂物。有的有阁楼，放些贵重物品。

冰川

雪线以上见冰川，^①
固体水库玉龙山。^②
冰斗冰谷冰塔林，
银装素裹世奇观。
十九冰川十三峰，^③
扇子陡险不可攀。^④
九天云霄阳春暖，
白河黑河灌良田。

2001年9月14日，于云南省丽江玉龙雪山。

---

① 雪线以上见冰川：雪线，即海拔4200
米为雪线。

② 固体水库玉龙山：玉龙山，指玉龙雪山。

③　十九冰川十三峰：指玉龙雪山现有 19 条冰川。十三峰，指玉龙雪山南北排列着十三个高峰。

④　扇子陡险不可攀：指玉龙雪山主峰扇子陡，十分险要，至今没有人上去过。

丽江古城

青山环抱平坝间，
金沙绿水锦镶嵌。
高原明珠大三角，^①
古城无墙八百年。
四季阳春驻白雪，
依势安居照壁院。^②
流水小桥伴街巷，
泉池棋布鸟花妍。

2001 年 9 月 14 日，于云南省丽江古城。

---

① 高原明珠大三角：丽江处于滇、川、藏大三角文化交汇之地，又是历史上重要的茶马古道重镇。民族区域文化具有鲜明的特点。

②　依势安居照壁院：指丽江古城依山傍水、古朴自然，并兼有山乡之容、水城之貌，家家流水、户户垂柳。其大街小巷均铺筑五彩石路，晴不飞灰，雨不泥泞，民居则以"三坊一照壁、四合五天井"为典型代表。

山水桂林

猫儿山水漓江源，
桂城风光姿万千。
水系环城穿市过，
山水文化映人间。
两江四湖竞风流，①
山青城秀体浑然。
峰峭洞奇山寨美，
敬酒迎客歌舞欢。

2001年4月1日，于广西壮族自治区桂
林市。

---

① 两江四湖竞风流：两江，指漓江、桃花江；
四湖，指榕湖、杉湖、桂湖和木龙湖。

洞庭湖

马蹄盆地渠纵横，
三湘四水汇洞庭。①
岳阳楼上忆往事，
城陵三江风浪涌。②
战略要道江湖控，③
进军西南常德营。④
跨湖大桥连湘鄂，
八百洞庭舞东风。

2001 年 4 月 8 日，于湖南省岳阳市。

---

① 三湘四水汇洞庭：三湘，指漓湘、潇湘、
蒸湘。四水，指湘水、资水、沅水、澧水。

② 城陵三江风浪涌：城陵，指城陵矶。三江，

指三江口。

③ 战略要道江湖控：江，指长江。湖，指洞庭湖。

④ 进军西南常德营：1949年10月，第二野战军从常德前进基地出发进军大西南。

常德

故地五十二年前，
老街茅舍全不见。
沅江荒堤变诗墙，
车站柳湖展眼前。①
步行街上现繁荣，
武陵大道是样板。
洞庭湖田鱼米乡，
桃花盛开春满园。

2001 年 4 月 9 日，于湖南省常德市。

---

① 车站柳湖展眼前：车站，指火车站及车
站广场；柳湖，指柳叶湖。

土家风情张家界

武陵腹地张家界，
天然雕饰俏中外。
群山环绕千峰奇，
谷幽洞神画廊彩。
山泉吐玉百瀑银，
地震崩裂天门开。
纯朴民俗土家情，
自然风光扑面来。

2001 年 4 月 15 日，于湖南省张家界市。

石板经

锲而不舍千年功，
世界文化壮举宏。
静琬始刻历六朝，
石经纸经木板经。
环山面水云居寺，
小西天上九山洞。
盛世人民复国宝，
地窖宜静护史成。

2001 年 6 月 6 日，于北京市房山云居寺。

林海泉城阿尔山

神奇美丽阿尔山，
山清水秀健康源。
四十八泉冷温热，
饮用洗浴疗效显。
苍岭茫茫绿如海，
林木森森翠接天。
泉城腾飞旅游热，
名泉圣水誉宇寰。

2001 年 8 月 11 日，于内蒙古自治区阿
尔山市。

六盘水

六十年代兴三线，
盘县水城六枝建。
水钢煤海金三角，
高原凉都明珠闪。
夜郎古地传佳话，
乌蒙腹地鹤星灿。
长江珠江分水岭，
荷城钟山沃野田。

2001 年 9 月 5 日，于贵州省六盘水市。

三叠水

纳西文化神泉美，
贵客临门三叠水。①
一敬茶水淡若君，
香甜蜜酥青话梅。
二敬酒水浓似火，
陶情抒怀沁人醉。
三敬汤水心如金，
团结友谊齐奋飞。

2001 年 9 月 15 日，于云南省丽江市。

---

① 贵客临门三叠水：三叠水，即三叠水的
吃法。三叠水属于豪门夜宴。具体是以三种
不同大小的三套碗具来装菜，6 个大碗、6

个小碗、6个盘子,装18种菜,菜以大菜为主。旧时候,一道三叠水是极奢华的,天上飞的、地下走的都烩成一餐,各式烩制方式完全齐备。发展至今,茶水、酒水、汤水成了招待宾客的宴席。

万波飞舞虎跳峡

姐妹三人越金沙，^①
大禹治水虎跳峡。
十八险滩浪涛卷，
万波飞舞映彩霞。
两山夹峙一线天，^②
大江东去走天涯。
绿色水源生态脉，
峡门瀑布富中华。

2001 年 9 月 15 日，于云南省丽江虎跳峡。

---

① 姐妹三人越金沙：指发生在金沙江畔的神话故事。

② 两山夹峙一线天：两山，指玉龙雪山和哈巴雪山。

香港

一国两制奏凯歌，
历尽沧桑回祖国。
区旗区徽紫荆花，
缘同五星国旗合。
百岛大港通世界，
中转贸易到各国。
灯火云星竞辉映，
中国特区东方烁。

2002 年 3 月 12 日，于中国香港太平山。

深圳

依山傍海邻香港，
五湖四海世界窗。①
经济特区新模式，
改革开放铸辉煌。
碧草繁花鱼乡米，
深圳河水源流长。
得天独厚锦绣地，
新兴海城天下扬。

2002年3月19日，于广东省深圳市。

---

① 五湖四海世界窗：五湖四海，指西丽湖、香蜜湖、石岩湖、东湖、银湖和珠江口、深圳湾、大鹏湾、大亚湾。

纳木错

羌塘起伏盆宽谷，
高山环绕积水湖。
四季牧羊黄金地，
雪峰辉映最高湖。①
避风纳荫三岛绿，
林岭草原生态湖。
似银如镜圣泉清，
冰雪雨露育天湖。②

2002 年 7 月 11 日，于西藏自治区纳木错。

---

① 雪峰辉映最高湖：在整个地球上，面积超过 1000 平方公里的大湖中，纳木错的海拔最高。

② 冰雪雨露育天湖：天湖，藏语意为纳木错。

雪域藏府拉萨

群山拱卫盆地间，
南河北湿东西川。^①
八角街区人如潮，
布达拉宫说亲缘。
昔日老城新崛起，
各族人民俱欢颜。
雪域藏府日光城，
高原圣地别有天。

2002 年 7 月 12 日，于西藏自治区拉萨市。

_____

① 南河北湿东西川：南河，指拉萨河；北湿，
指拉鲁湿地。

山巅情

远眺世界十五峰，
南迦巴瓦雪山景。①
世界之最大峡谷，②
雅鲁藏布扬歌声。
原始森林秀鲁朗，
雪莲杜鹃与寒争。
雨过天晴大地净，
雪域高原无限情。

2002 年 7 月 14 日，于西藏自治区林芝
色季拉山。

① 南迦巴瓦雪山景：南迦巴瓦峰，海拔高7787米，是世界第15高峰。

② 世界之最大峡谷：雅鲁藏布江大峡谷，是世界第一峡。它横贯林芝地区的林芝县、米林县、墨脱县，全长504.6公里，最深处达6009米，平均深度约5382米，最窄处21米(位于南迦巴瓦峰和加拉白垒峰之间)，最深部岗兰至达波段称为底抗峡。

雅鲁藏布江

喜马拉雅北麓源，
银色缎带如项链。
雪龙奔舞千狮吼，
雅江高峡三段险。①
十四冰湖挂串珠，②
五大支流聚狂澜。③
世界屋脊第一江，
东方净水兆丰年。

2002年7月15日，于西藏自治区拉萨市。

---

① 雅江高峡三段险：雅鲁藏布江从仲巴以西为上游段，仲巴至派区是中游段，下游段始于派区，全长2960公里，其中国境内是

2091 公里，国境外 869 公里。

② 十四冰湖挂串珠：指雅江距杰玛央宗河源 35 公里内如串珠式地连接着 14 个冰川湖。

③ 五大支流聚狂澜：雅鲁藏布江两侧支流众多，集水面积大于一万平方公里的支流有 5 条，即多雄藏布、年楚河、拉萨河、尼洋河、帕隆藏布。

玉洁冰川淡水源

严寒气候降雪山，^①
冰川森森陡坡悬。
长条冰湖明如镜，
固体水库淡水源。
绒布塔林冰杯群，^②
锋利宝剑直刺天。
井斗洞宫柱笋帽，^③
楼桥茹芽隧道连。

2002 年 7 月 16 日，于西藏自治区日喀
则市。

① 严寒气候降雪山：严寒的气候和一定数量的降雪，是冰川赖以生存的两个不可缺少的条件。

② 绒布塔林冰杯群：珠峰北坡绒布冰川上，发育着有 5.5 公里的冰塔林带。一座连着一座的乳白色冰塔拔地而起，高达几米，形态各异，有的像威严的金字塔，有的像肃穆的古刹钟楼，有的像锋利的宝剑，有的像温顺的长颈鹿等等，个个晶莹夺目，美丽多姿。

③ 井斗洞宫柱笋帽：珠峰地区规模较大的冰川是冰斗冰川，它们分布在山顶附近或分水岭两侧。

世界屋脊看高原

世界屋脊位西南，①
巍峨磅礴汇群山。
雪岭冰峰大峡谷，②
万峰之首耸云端。③
江河地热纳木错，④
森林草原藏物产。
形似鸵鸟正翱翔，
胸揽全球目极远。

2002 年 7 月 17 日，于西藏自治区拉萨市。

---

① 世界屋脊位西南：世界屋脊，指青藏高原。

② 雪岭冰峰大峡谷：大峡谷，指"世界第一峡"雅鲁藏布大峡谷。

③　万峰之首耸云端：万峰之首，指海拔8848 米的"世界第一高峰"喜马拉雅山珠穆朗玛峰。

④　江河地热纳木错：纳木错，意为"天湖"，湖面海拔 4718 米，面积约 1920 平方公里，是世界上海拔最高的大湖。

大连

津京门户半岛连，①
天障共扼渤海湾。
南北交通重枢纽，
三国相邻黄金岸。②
神奇热土桥头堡，③
五洲商贾群争先。
三面环海山水城，
绿洲亮点史空前。

2002 年 9 月 19 日，于辽宁省大连市。

---

① 津京门户半岛连：半岛，指辽东半岛和山东半岛。

② 三国相邻黄金岸：三国，指大连与朝鲜

半岛、日本诸岛和俄罗斯远东地区相邻，是中国与东北亚乃至世界发展贸易和对外交流的重要口岸。

③ 神奇热土桥头堡：指大连是欧亚大陆桥的桥头堡。

天下之脊太行山

三水环绕临平原，①
恒山五台八陉险。②
金鞍骏马巍峨屹，③
太脊挺立跃三山。④
抗日红色根据地，
游击战争灭敌顽。
老区热土人民颂，
解放全国做贡献。

2003 年 10 月 3 日，于山西省上党。

---

① 三水环绕临平原：三水，指黄河、海河、
蓟运河等三大水系；平原，指华北平原。

② 恒山五台八陉险：八陉，指古有太行"八陉"，即轵关陉、太行陉、滏口陉、白陉、井陉、飞狐陉、蒲阴陉、军都陉。

③ 金鞍骏马巍峨屹：指太行山脉雄峙在冀晋两省之间，是华北平原的天然依托。面积10万余平方公里，南北长607公里，东西宽136公里。太行山包括北岳恒山、五台山、太岳山、中条山、太行山，最高峰为五台山叶斗峰，海拔3061.1米。一般海拔在1100至2000米，比高400至800米，主脉呈南北走向，山势南北高、中间低，形似马鞍。

④ 太脊挺立跃三山：太脊，指太行山脉之脊；跃三山，指我第二野战军曾经战斗过的太行山、大别山、喜马拉雅山。

夜登八达岭长城

七十二岁登长城，
军都西山两相迎。
白雪如银星光灿，
长龙盘山灯火红。
北门锁钥居外镇，^①
建筑奇迹世界名。
劳动人民血汗铸，
今夜无风蕴春风。

2004 年 2 月 22 日，于北京八达岭长城。

---

① 北门锁钥居外镇：即明代在岭口建城关
一座，设东西两门，一名"北门锁钥"，一
名"居庸外镇"。

五指山

五峰如指气不凡，
海南屋脊第一山。
绝顶十米瞰南海，
天水相接点渔帆。
热带森林黎苗寨，
中高周低大河源。
昔日深闺人未识，
灵动情趣春怡然。

2004 年 3 月 15 日，于海南省五指山市
五指山。

土楼

星河散落客家情，
群山环抱田野风。
三合红土夯筑墙，①
百年沧桑沐巨城。
宫殿结构蘑菇状，
楼中有楼层中层。
内外环环同圆心，
外高内低围天井。
祖堂聚族共荣辱，
勤俭重教法义行。

2004 年 3 月 31 日，于福建省永定县。

① 三合红土夯筑墙：指建造圆形、方形、五凤形、椭圆形、八卦形、交椅形等千姿百态各具特色的土楼时，采取特殊配方三合土加入经过比例计算的红糖、蛋清和糯米饭三种材料，筑成的墙体不但不怕水浸，而且越古老越坚硬，几乎与石头一般。在没有钢筋水泥的古代，如何把土楼建筑得如此坚固？要选用无腐殖质的净红壤土，按比例再配以细河沙、田底泥和老墙泥，配合做匀，然后泼水，反复翻锄均匀发酵。用泥需要干湿适宜，干湿度为泥一抓成团，丢出碰地即散最佳，此土谓之熟土。做泥是土楼建造很关键的一道工序和一门经验极强的艺术，这一工序决定了整座土楼工艺的质量等次与成败。红糖必须溶化完全，不见糖结。蛋清要反复搅拌打散，起泡发酵。糯米饭则要求不见米粒，呈汤水化状态。建造墙体时，还需在墙体中埋入杉木或竹片，甚至放入大石块为墙骨，以增强抗力。夯土墙的高与厚之比为 3∶1至 4∶1，即一座 14 米高的楼房，其墙厚至

少需要 3 至 4 米，而客家土楼墙体高与厚之比大致为 6：1，甚至 7：1，一座四层土楼高 13 至 15 米，其底墙一般厚是 1.5 米，五层楼高 15 至 20 米，墙厚也只有 1.5 至 2 米，薄墙体撑起高大楼。

舟山碧波

明珠撒落东海间，
千岛万礁数舟山。
碧波荡顷三江口，^①
渔都大港映蓝天。
连岛工程跨海桥，
小岛搬迁大岛建。
风光旖旎生态景，
沪杭绍兴宁波牵。

2004年4月8日，于浙江省舟山市普陀山。

———————————————————

① 碧波荡顷三江口：三江口，指舟山地处
长江、钱塘江、甬江三江入海之口。

龙井丝绸

天城飞云翠绿掩，
南北高峰雄风展。
香樟桂花桃红映，
龙井丝绸中外传。
三面环山一面城，
西湖钱塘水相连。
清静毓秀宜人居，
老幼品茶三百馆。

2004 年 4 月 10 日，于浙江省杭州市玉皇山。

海疆第一城

鸭绿江口凌海风，
万里海疆第一城。
明代长城东端点，
抗美援朝壮志行。
断桥见证美侵史，
中朝友谊万古青。
漫步滨廊思历史，
千秋万代为和平。

2004 年 8 月 31 日，于辽宁省丹东市鸭
绿江大桥。

军垦戍边北大荒

一

亘古荒原江松域，^①
毒虫猛兽小咬齐。
万类霜天竞自由，
沼泽湿地人烟稀。
三花五罗十八子，^②
关东三宝名贵极。^③
日俄垂涎黑土地，
贪欲无度美梦已。

二

十万大军垦荒激,

生龙活虎战天地。

创业虽苦有乐章,

开拓奉献人生礼。

龙江平原千里沃,

金波万里粮豆米。

屯垦戍边大业成,

农工林牧城镇起。

2004 年 9 月 7 日, 于黑龙江省密山市。

---

① 亘古荒原江松域: 江, 指三江平原;
松, 指松嫩平原。素有"北大荒"之称的
黑龙江垦区, 地处三江平原、松嫩平原和
小兴安岭山麓, 分布于东经 123° 40′ 至
134° 40′ , 北纬 40° 10′ 至 50° 20′
之间, 横跨黑龙江省 11 个地市 56 个县, 总
面积 5.62 万平方公里, 其中耕地 3070.05

万亩，林地 1167 万亩，草地 505.5 万亩，水面 426 万亩，可垦荒地 900 万亩，水资源可利用量 97.5 亿立方米。总局下辖 9 个分局，106 个农牧场，现有 160 万人。

② 三花五罗十八子：三花，指鳌花、鳊花、鲑花；五罗，指哲罗鱼、发罗、重罗、稚罗、胡罗；十八子，指鲟鳇鱼、大马哈鱼、大白鱼、鲤鱼、哲绿、纽摩等产于黑龙江、松花江、嫩江、乌苏里江的淡水名贵鱼的统称。

③ 关东三宝名贵极：关东三宝，指人参、貂皮、靰鞡草。

雄鸡昂首屹东方

雄鸡昂首屹东方，
百年世纪华夏强。
白山黑水黑土地，
七湖九河八条江。
日出先照乌苏镇，
抚远版图第一乡。
茫茫松涛八珍奇，
鱼米瓜果大豆香。
纯朴天然疆域阔，
钢铁长城筑边防。

2004 年 9 月 10 日，于黑龙江省抚远县东方第一哨。

白山黑水大地情①

五江百县万里行，②
走访群众看官兵。
丹东绥芬珍宝岛，
抚远萝北兴安岭。
北大荒原变粮仓，
屯垦戍边情意浓。
雄鸡高歌东方哨，
强边固防筑长城。
以史为镜看未来，
人民江山万代红。

2004 年 9 月 20 日，于京哈高速公路上。

① 白山黑水大地情：2004 年金秋时节，我以一名老战士的名义，沿着东北边境线进行了走访看望和参观。一是看望了三省 101 个市县区的广大人民群众和农垦战士。二是看了革命烈士纪念地和边防部队官兵及复转军人。三是考察了当地经济、文化、社会和名胜古迹。通过以上活动，接触了广大人民群众和各方面人士，了解到不少实际情况，听到了一些呼声，看到了发展的潜力，受到了启发教育。同时也结识了新朋友，增长了知识，锻炼了身体，吸取了营养……实践出真知，财富是劳动人民创造的，大好形势是广大人民群众干出来的，经验是在实践中总结出来的。

② 五江百县万里行：五江，指鸭绿江、乌苏里江、黑龙江、松花江和嫩江。

山水绿城雅安

四川盆地蜀喉咽，
青藏高原过渡线。
青衣周河梁羌国，^①
邛蒙云雨娲补天。
熊猫故乡茶马道，
红军胜迹留人间。
三雅文化名华夏，^②
山水绿城氧吧园。

2005 年 4 月 11 日，于四川省雅安市。

---

① 青衣周河梁羌国：青衣，指青衣江；周
河，指周公河；梁，指雅安曾是古梁州；羌国，

指雅安曾是古羌国。

② 三雅文化名华夏："雅女、雅鱼、雅雨"被称为"三雅"文化。

横断主峰贡嘎山

巍峨雄伟坐三县，①
横断群峰第一尖。②
银装素裹云海茫，
低纬冰川高温泉。③
五须塔公木格措，④
康定情歌跑马山。
二郎大渡铁索桥，⑤
林冰海螺磨西川。⑥

2005 年 4 月 13 日，于四川省泸定县海
螺沟。

① 巍峨雄伟坐三县：指贡嘎山坐落在康定、泸定、九龙三县之间，长约 90 公里，宽 60 至 75 公里，面积约 5500 平方公里。

② 横断群峰第一尖：指贡嘎山是天府第一高峰，是横断山系的第一高峰，也是世界第十一高峰，海拔 7556 米。

③ 低纬冰川高温泉：低纬冰川，指海螺沟的冰川源于贡嘎山主峰东坡，海拔仅 2850 米；高温泉，指海螺沟有温泉 3 处，即上游的热水沟温泉，中游的窖坪温泉，下游的杉树坪温泉，温泉所在的二号营地海拔高 2660 米。

④ 五须塔公布格措：五须，指五须海；塔公，指塔公草原；木格措，指木格措湖。

⑤ 二郎大渡铁索桥：二郎，指二郎山；大渡，指大渡河；铁索桥，指大渡河铁索桥。

⑥ 林冰海螺磨西川：海螺，指海螺沟；磨西，指磨西镇。

蜀门重镇广元

四面环山嘉陵畔，
蜀门重镇三省连。^①
川陕咽喉驿栈道，
壁立雄险剑门关。
百里古柏翠云廊，
女皇故里石雕园。
川陕革命根据地，
红军精神代代传。

2005 年 4 月 18 日，于四川省广元市。

---

① 蜀门重镇三省连：三省，指四川省、陕西省、甘肃省。

古城阆中

古城雄踞越千年，
曲水幽山落玉盘。
川北重镇沐风雨，
巴陵东望入云端。
贡院肃然三及第，
桓侯威名古今传。
华夏瑰宝巴蜀聚，
嘉陵奔腾吐青岚。

2005 年 4 月 20 日，于四川省阆中市。

走进女儿国

（一）
从丽江走进女儿国

高山峡谷六千湾，①
金沙水长情谊绵。
减肥道路牛交警，
女儿国里别有天。
摩梭风韵泸沽湖，
阿夏婚姻历千年。②
母系氏族净土在，
原野沟火乐家园。

2005 年 5 月 9 日，于云南省宁蒗县永宁
镇泸沽湖洛水村。

① 高山峡谷六千湾：从丽江市至泸沽湖206公里，至永宁镇234公里，走5道山，有六千多个湾，有108公里石头路面，常发生滑坡、泥石流和滚石。

② 阿夏婚姻历千秊：摩梭人至今有3万多人，从公元二世纪起，就实行三种婚姻形式，存在三种家庭。三种婚姻是：男不娶、女不嫁的"阿夏异居婚"；比较稳定的"阿夏同居婚"；一夫一妻制婚姻。三种家庭是：母系家庭；母系父系并存的"双亲"家庭；父系家庭。阿夏婚姻是：结交阿夏的男女双方完全奉行结合自愿、离散自由的原则，结交阿夏（情人、情侣）和解除这种关系无固定的方式和固定的条件，完全以男女双方的情感和爱情为基础。男女双方完全平等的个人性爱是阿夏婚的本质特征。

（二）
从西昌走进女儿国

三百公里大山环，
百里飞石一线天。
清清母海拥碧野，
山花情歌明月蓝。
母系乐土阿夏婚，
祖制同俗世代传。
团结和谐大家庭，
世外桃源悠超然。

2012年5月25日，于四川、云南共辖
的泸沽湖畔。

走进香格里拉

三江水洒献哈达，①
雪山环抱围平坝。
茶马古道一重镇，
瑰丽草原民俗雅。
雄奇峡谷林海阔，
半农半牧藏药花。
杜鹃醉鱼江湖池，
青稞跃上发射架。
自然和谐育后人，
中外扬名沁我家。

2005年5月12日，于云南省香格里拉县。

① 三江水洒献哈达：三江，指金沙江、澜沧江、怒江。

歌舞之乡吐鲁番

艾丁湖面最低点，
最干最热火焰山。
伟大工程坎儿井，
三沟葡萄最香甜。
高昌交河千佛洞，
历史文化更灿烂。
丝绸之路交汇地，
歌舞之乡吐鲁番。

2005 年 9 月 8 日，于新疆维吾尔自治区
吐鲁番市。

坎儿井

地下潜流源两山，①
由高向低出地面。
设计巧妙坎儿井，
明暗渠道自流灌。
顺坡展布小土包，
座落有序到田园。
水质优良无污染，
伟大工程幸福泉。

2005 年 9 月 8 日，于新疆维吾尔自治区吐鲁番市。

① 地下潜流源两山：两山，指吐鲁番盆地北部的博格达山和西部的克拉乌成山上的积雪在夏季大量融化，沿着山坡流向盆地，在山口渗入戈壁下面，成为地下潜水。长时间的聚集，地下潜水增厚，为坎儿井提供了充足的水源。

大漠胡杨

北枕塔克拉玛干，
沐浴塔里木河畔。
死海湖泊民俗韵，
浩瀚戈壁胡杨站。
旺盛根系同干高，
繁茂枝叶形三变。
坚韧嶙峋沧桑尽，
抵制风沙抗盐碱。
生死挺睡三千岁，^①
英雄傲骨万年灿。

2005 年 9 月 19 日，于新疆维吾尔自治区库尔勒市尉犁县塔里木河畔。

① 生死挺睡三千岁：胡杨别称梧桐、胡桐，为落叶乔木，因其叶形多变化，又称异叶杨；其树干受伤后，喷射出大量汗液，又称为"会流泪的树"。胡杨树，抗干旱，耐盐碱，是沙漠和盐碱地中生命力最强的树木，被人们誉为"生长一千年不死，死了一千年不倒，倒了一千年不朽，朽了一千年不烂"的长寿树和英雄树。

沙漠绿洲

天山南北分界线，
丝绸中路铁门关。
华夏州县第一名，^①
高山湖泊大草原。
沙漠绿洲罗布人，^②
塔河胡杨三千年。
穿沙公路创奇迹，^③
红柳固沙护良田。

2005 年 9 月 20 日，于新疆维吾尔自治
区库尔勒市。

① 华夏州县第一名：巴州，即新疆巴音郭楞蒙古自治州，总面积 48.27 万平方公里，其中，沙漠占 14.46 万平方公里。比日本国的面积还多 11 万平方公里，占新疆总面积的三分之一，占全国总面积的二十分之一，堪称华夏第一州。若羌县，总面积 20.23 万平方公里，其中，沙漠和戈壁占一半以上，是 2 个浙江省的面积，占新疆总面积的八分之一，是全国面积最大的县。

② 沙漠绿洲罗布人：罗布人，是由多种族、多民族融合而成，祖祖辈辈生活在罗布泊地区，逐水而居，捕鱼为生，结庐为室，是快乐、勇敢、坚毅、长寿的古老部族。位于新疆塔里木盆地东北边缘尉犁县墩阔坦乡的塔里木河畔。

③ 穿沙公路创奇迹：世界流动沙漠中最长的高等级公路，北起轮台县轮南镇，南接民丰县，纵穿塔克拉玛干大沙漠，全长 522 公里。

丝绸之路大陆桥

天山南北丝绸道，
古驿沙尘风怒号。
大漠戈壁神奇险，
户户家壁有弓刀。
胡杨绿洲昂天傲，
御关戍楼众志高。
首开中西通商路，
友谊之花大陆桥。

2005 年 9 月 21 日，于新疆维吾尔自治区库尔勒市。

中国宣纸

沙田稻草青檀皮，①
日晒雨露漂白玉。
燎草燎皮深加工，②
传统工艺质地奇。③
典籍珍品存千古，
书法绘画好载体。
劳动创造中华纸，
吉榜千禧数第一。④

2006 年 4 月 25 日，于安徽省泾县鸟溪。

---

① 沙田稻草青檀皮：即生产宣纸主要原料
为青檀木树皮和沙田高杆稻草。

② 燎草燎皮深加工：即生产宣纸以手工操

作为主，技术要求严格，生产过程复杂，经搅槽、抄捞、榨贴、焙纸、上剪等生产工序，才成为成品。要经过"水火相浴，日月光华"方能制成符合标准质量的洁白宣纸。燎皮、燎草的原料制作十分考究，工艺复杂。燎皮制作须经砍条、上蒸、水浸、剥皮、日晒、成捆，成为毛皮；又经过石灰腌、蒸煮、浸洗、晾晒、蒸煮、漂洗、摊晒，成为青皮；再捻把、浸碱、摊晒、成捆，成为燎皮。燎草制作从选草、浸泡、腌制、上堆、翻堆、洗草、日晒、上堆成为草坯；而后浸碱、蒸煮、入库成为燎草。最后去皮草杂质，清水漂洗，上榨择拣，碓打锻料制成纸浆。

③ 传统工艺质地奇：质地奇，即宣纸质地纯白细密，纹理清晰，绵韧而坚，不折不损；并具有光洁如玉、不蛀不腐、墨韵万变的特点。

④ 吉榜千禧数第一：即中国"千禧宣"已登世界吉尼斯纪录之最。

澳门

中国领土小渔村，
五区三岛新澳门。
中西建筑两式样，
大桥接岛面貌新。
百年博彩成行业，
立法成则三城拼。
通向海外金湾港，
珠江三角乐人心。

2006年8月10日，于澳门特别行政区。

三湘四水大地红

天地一家长沙星，①
三湘四水祝融峰。②
长江中游湖南面，③
鱼米之乡科技浓。
太阳升起东方亮，
韶山出了毛泽东。
人民翻身创大业，
社会主义灯塔明。

2007 年 3 月 15 日，于湖南省长沙市。

---

① 天地一家长沙星：长沙星，长沙得名，
有几种说法，一种说法是起源于天上的长沙
星。甘氏《星经》载："长沙子一星，在轸

之中，主寿命，小而明。"《史记·天官书》说："轸为车，主风。其旁有一星，曰长沙。"《太乙统宗》也说："轸在天阙之外，当南河之南，其中一星主长沙。"《明史·天文志》更肯定地说："轸旁小星曰长沙，应其地。"说长沙星之下就是长沙这个地方。《湘广通志》最后的结论是："长沙之名起于周，又曰星沙，以星名。"

② 三湘四水祝融峰：三湘，湖南素有"三湘"之称。因湘水发源于广西桂林之兴安县，有灵渠连接漓水，称为"漓湘"；湘水东北流至永州北湘关口汇潇水而称"潇湘"；再东北流经衡阳北，又汇蒸水而称"蒸湘"。是谓"三湘"。三湘的另一说，则是潇湘、资湘、沅湘。盖因漓水南沅入珠江，不属湘江水系；蒸水短小，尚不如耒水、洣水、春水、渌水、涟水，所以去掉漓、蒸二名。正因湘水北流至湘阴北之临资口汇入资水，故叫资湘；湘水再北流至岳阳县西中洲，汇入沅江主洪道而称沅湘。资水、沅水为湖南四大水系，且沅水在汉寿以北的目平湖已纳入澧水。故此，

这三湘即可泛指湖南全境。也有以湘乡、湘潭、湘阴为三湘者。四水，指湘江、沅江、资水、澧水，湘江为第一大江，全长817公里。祝融峰，我国古称"五岳"中的南岳衡山，有大小山峰72座，主峰祝融峰海拔1290米，可俯瞰群山，观赏日出，有"五岳独秀"之称。

③ 长江中游湖南面：湖，指我国第二大淡水湖洞庭湖，昔日号称"八百里洞庭"，现已分割成东、西、南洞庭湖和大通湖四个较大的湖泊。湖南、湖北的名称，就是因位于湖的南北而命名的。

土苗风情湘西

重峦叠嶂山道弯，
武陵雪峰云贵原。
湘鄂川黔镶明珠，
民风古朴茶林田。
沱江烟雨吊脚楼，
猛河古都历千年。
民族团结和谐歌，
土苗风情别有天。

2007 年 3 月 22 日，于湖南省吉首市。

七十五岁再登天门山

作者初次登天门山时，景区还未正式对游人开放，尚在开发中。此次登天门山，开发建设工程已全面竣工。

九十九弯盘山行，
云雾奇峰露峥嵘。
千军万马集骁勇，
众兵列阵待出征。
民间六谜传神话，
春色烂漫林木青。
武陵之魂天门山，
千阶登攀更轻松。

2007年3月26日，于湖南省张家界市天门洞。

中国陆地中心兰州

百里黄河风情线，
绿色玉带天系环。
中国陆地半圆画，
兰州居中圆心连。
东西咽喉扼要塞，
古筑金城汤池坚。
两山夹河穿城过，^①
现代文明兴陇塬。

2007 年 9 月 7 日，于甘肃省兰州市。

---

① 两山夹河穿城过：两山，指皋兰山、白塔山；河，黄河；城，指兰州市城。

窑洞庄园

黄土积沉九道梁，
龙飞凤舞呈吉祥。
小河缠绕银带闪，
庄园鹤立山腰阳。
明五暗四六厢窑，①
陕洞欧窗石板仓。
倒座待客独净雅，
伟人巨著响四方。②

2007 年 9 月 15 日，于陕西省米脂县杨家沟村。

---

① 明五暗四六厢窑：陕北最高档次的窑洞式四合院，明五暗四六厢窑，倒座待客厅。

明五，指正面五孔窑洞；暗四，指左右两个小暗院内有两孔小窑，也有暗二或暗六，都表示暗院内窑洞的多少；六厢，指左右两边各有三孔窑洞；倒座客厅，一般的窑洞四合院，倒座的都是马棚、磨房等，但这家主人把马棚、磨房都放在园月门外，显示着主人的高贵，也使人感到整个院落气派、干净。中央的重要会议就是在这个倒座客厅召开的。

② 伟人巨著响四方：杨家沟村，位于陕西省榆林市米脂县城东南23公里，这里既是著名的革命圣地，也是全国最大的窑洞庄园。全村270多户，马氏地主有72户。

1947年11月20日，毛泽东主席率领中共中央机关离开住了50多天的佳县神泉堡。22日，毛泽东、周恩来、任弼时率领代号为"亚洲部"的中共中央机关、解放军总部，经米脂桃镇申俭抵达杨家沟村，当时共有随行官兵600多人。毛泽东主席在杨家沟共居住了4个月零2天，在这里召开了中共中央工作会议，也就是著名的"十二月会议"，西北野战军高级军事会议，指挥了宜川战役并召开了庆祝宜川大捷大会，召开了东渡黄河动员大会；在这里从事了重要理论研究工作，写下了 40 篇光辉著作，仅编入《毛泽东选集（第四卷）》的就有《目前形势和我们的任务》等 11 篇，编入毛泽东文集第四、五卷有 29 篇。

壶口天下险

飞瀑急流天下险，
华夏一壶纳百川。
十里龙槽峡谷奇，
日照彩虹挂晋陕。
黄河万里金项链，
兴修水利万民甜。
母亲胸怀千秋暖，
中华民族金摇篮。

2007 年 9 月 17 日，于陕西省宜川县与
山西省吉县之间的黄河壶口瀑布。

秦岭

中国南北分界线，
黄河长江走两边。
雄奇秀幽跨五省，
三区峰林水气全。①
雄伟非凡太白峰，
骊山温泉华山险。
贺兰太行大巴望，②
三秦大地艳阳天。

2007 年 9 月 20 日，于陕西省秦岭太白峰。

---

① 三区峰林水气全：三区，指华北、华中、青藏三个地区。

② 贺兰太行大巴望：指贺兰山、太行山、大巴山。

荆州古城①

明末清初筑古城，
三城相依更坚挺。
六条水道通墙外，
城墙不规长方形。
高墙宽厚分三层，
城垛炮台火力猛。
筑城守城人不在，
铁打荆州曾称雄。

2009 年 3 月 5 日．于湖北省荆州市。

---

① 荆州古城：荆州城，又名江陵城，它是
我国南方保存最完好的古城，是楚文化的发

祥地。荆州古城墙与楚都纪南城、八岭山古墓群地下文物宝库，是历史文化名城的三大组成部分。

皇城相府

三山腹地皇城村①，

官宦城堡住宅群。

错落有致随形变，

十万平米庭院深。

布局讲究等级严，

男尊女卑贵官人。

枕山临水城楼伟，

二百甲兵守护门。

2009 年 5 月 17 日，于山西省阳城县皇城相府。

———————————————

① 三山腹地皇城村：三山，指太行山、太岳山、中条山。

王屋山

横卧济水大河南，①
五峰矗立天坛险。②
愚公移山吕三太，
战天斗地意志坚。
儿孙子侄秉大志，
挖山不止感神仙。
改造自然求生存，
造福后世建家园。

2009年5月18日，于河南省济源市王屋山天坛峰。

---

① 横卧济水大河南：济水，指王屋山是济水的发源地；大河，指黄河。

② 五峰矗立天坛险：五峰，指主峰天坛峰，前有华盖峰，后有五斗峰，左右有日精峰、月华峰。

太行山

北起拒马南黄河，
八山二水高峰多。①
北岳恒山分水岭，②
五峰围绕台怀座。③
南北咽喉天下脊，
太行八陉东西隔。④
太原屋檐东山起，⑤
汾河黄河中条过。

2009年6月1日，于山西省五台县台怀镇。

① 北起拒马南黄河，八山二水高峰多：八山，指太行山脉北起河北省拒马河，南至黄河，南北680公里，东西120-240公里，

面积约 100400 平方公里；主要由六陵山、小五台山、恒山、五台山、系舟山、太行山、太岳山、中条山等组成，最高峰五台山北台顶（叶斗峰）海拔 3058 米，是太行山脉最高峰，亦是华北最高峰；除六陵山的小部分、五台山的大部分在河北省境内外，其余均在山西境内。二水，指黄河水系和海河水系的大小河流一千余条。

② 北岳恒山分水岭：指恒山是桑干河与滹沱河的分水岭，也是大同盆地与忻定盆地的分界山。

③ 五峰围绕台怀座：五峰，指五台山的五座峰，即：东台望海峰、西台挂月峰、南台锦秀峰、北台叶斗峰、中台翠岩峰，五峰都以台怀镇为中心。

④ 太行八陉东西隔：太行八陉，即轵关陉、太行陉、滏口陉、白陉、井陉、飞狐陉、蒲阴陉、军都陉。总观太行山，陡峰林立，谷壑深阻，瀑布悬流，关山雄固；对东西来说，它是限隔；对南北来说，它是喉嗌；对天下来说，它是脊骨，实古今之大防。

⑤　太原屋檐东山起：指太原东山是太原的屋檐，位于太原盆地东侧，北起阳曲，南至中林山，长约 60 公里，宽约 20 公里，面积约 1380 平方公里，是太原东部天然屏障，也是控制太原的制高点。

雁门关

九塞之首雁门关，
六大体系锁幽燕。①
雁门六县紧相连，②
骋望万嶂勾注山。
西汉东汉四百年，
三百将帅汉墓显。
边关将士守长城，
千载勇略天下传。

2009 年 6 月 3 日，于山西省雁门关。

---

① 九塞之首雁门关，六大体系锁幽燕：九
塞，指雁门关、宁武关、偏头关、居庸关、
紫荆关、倒马关、平型关、娘子关等；六大

体系，指瓮城、关署、总兵营、校场、雁月楼、城角楼。

② 雁门六县紧相连：雁门六县，指东邻繁峙，西接原平，南界五台，北毗山阴，东北与应县相连，西北与朔县毗邻。

塞上绿洲①

地处晋蒙杀虎口，
昔日十山九秃头。
风起沙飞千秋苦，
男人离乡走西口。
今日拼搏连续干，
乔灌三松锁沙丘。
防风林带育大地，
不毛之地成绿洲。

2009年6月4日，于山西省右玉县。

---

① 塞上绿洲：塞上绿洲右玉县，新中国成立之前，有残次林800万亩，森林覆盖率只有0.3%；解放后，政府确立了"右玉要想富，

必须风沙住，要想风沙住，必须多栽树"的指导思想。一届接着一届干，一张蓝图干到底，增加植被，改善生态环境。全县人民发扬艰苦奋斗精神，与恶劣的自然环境展开了艰苦卓绝的斗争。经过 60 年的奋斗，全县有林面积达到 150 多万亩，森林覆盖率达到 50%。治理沙化面积 200 万亩，占沙化总面积 225 万亩的 88.9%。右玉是一面旗帜，是一种伟大的精神，值得全国人民学习。

应县木塔

设计巧妙不用钉，
互相卯榫咬合成。
明五暗四九级浮，
七千四百吨量重。
斗拱装点遍塔身，
五十四种各不同。
千年风雨傲然立，
应县木塔世称雄。①

2009 年 6 月 5 日，于山西省应县。

---

① 千年风雨傲然立，应县木塔世称雄：世
称雄，指应县木塔与法国艾菲尔铁塔、意大
利的比萨斜塔并称为"世界三大奇塔"。

山西行

南北走廊东西山，
阴太吕梁到中原。①
东西走廊南北山，
阴燕太行到西山。②
京都防御大纵深，
大秦唐黄渤海湾。③
十八城区环城部，
立体防御固江山。

2009年6月9日，于山西省大同返北京路上。

---

① 阴太吕梁到中原：阴，指阴山；太，指太行山。

② 阴燕太行到西山：阴，指阴山；燕，指燕山；西山，指北京西山。

③ 大秦唐黄渤海湾：大，指大连；秦，指秦皇岛；唐，指唐山；黄，指黄骅。

河口

两河汇拢河口县，①
云贵川省最低点。②
特色口岸丝绸路，
贸易交流新姿颜。
热带风光民族情，
中越旅游精品线。
民族团结国家兴，
爱国戍边钢二连。③

2010年3月19日，于云南省河口瑶族自治县。

---

① 两河汇拢河口县：两河，指南溪河与红河。

② 云贵川省最低点：最低点，指河口县海

拔最高点 2363 米，最低海拔在南溪河与红河交汇处，仅 76.4 米，为云贵川三省最低点。

③　爱国戍边钢二连：边防四团二连是上级命名的"钢二连"，驻守在河口四连山等地。

彩云之南

青山绿水云岭南，
地势独特接两原①。
八千里程邻三国②，
通向两洋黄金线③。
多种民族各不同，
和谐相处共发展。
天然雕饰生万象，
奋斗催生新云南。

2010 年 3 月 30 日，于云南省昆明市。

---

① 地势独特接两原：两原，指青藏高原和贵州高原。
② 八千里程邻三国：三国，指越南、缅甸、老挝
等三国。
③ 通向两洋黄金线：两洋，指太平洋和印度洋。

秀丽井冈山

罗霄山脉湘赣边，
五百井冈连十县。
巍巍山峦茂林竹，
层层梯田升炊烟。
雄险秀幽奇万千，
秀山丽水五井全^①。
千峰竞秀林海茫，
万壑争流飞瀑泉。

2010年4月3日，于江西省井冈山市茨坪。

---

① 秀山丽水五井全：五井，指大井、小井、中井、上井和下井五个小山村，也就是井冈山著名的"大小五井"，位于茨坪的西北面，

自古有"秀山丽水"之誉。这些山村既相互毗邻，又各自坐落在独个小盆地，地形似井状，故五个村庄都以"井"字取名。

净土阿尔山

大岭南麓盆地间，^①
森林草原冷热泉。
天池地池堰塞湖，
火山冰雪博物馆。
东北亚内经济圈，
欧亚大陆运输线。
四大草原交汇处，^②
绿色明珠阿尔山。

2010年8月30日，于内蒙古自治区阿尔山市。

---

① 大岭南麓盆地间：大岭，即大兴安岭。

② 四大草原交汇处：四大草原，指蒙古国、
科尔沁、锡林郭勒、呼伦贝尔四大草原。

大兴安岭

锦绣千里西兴安，
盛产黄金美名传。①
山冈浑圆绵不断，
起伏蜿蜒林海原。②
山体花岗玄武岩，
黄岗梁山高峰巅。③
两江分水九河唱，
游龙戏水天地宴。④

2010 年 9 月 9 日，于大兴安岭地区加格
达奇。

---

① 锦绣千里西兴安，盛产黄金美名传：指
大兴安岭也叫"西兴安岭"，是东北地区西

部一列北北东向的山脉；兴安岭，满族人称"金阿林"，阿林是山的意思，金阿林就是黄金的意思，因盛产黄金而得名。有大兴安岭和小兴安岭之分。

② 山冈浑圆绵不断，起伏蜿蜒林海原：指大兴安岭北起黑龙江畔的漠河镇，南到内蒙古西拉木伦河上游河谷，西部是内蒙古高原，东部是松辽平原，西南以克什克腾旗以西——林西一线与蒙古高原为界，东部的德都——黑河一线与小兴安岭相连，是内蒙古高原和松辽平原的分水岭。南北长约 1400公里，东西宽 200 至 400 公里，总面积 28万平方公里，其中 76.56% 在内蒙古自治区境内。海拔 1000 至 1400 米左右；山地东坡陡峭，西坡平缓，成不对称的山岭；浑圆的山冈连绵不断，山冈上盖满了茂密的森林，原始森林巨树参天，80% 以上是松树；落叶松高达 30 多米，树干直径 80 多厘米，白色树皮的桦树林，红褐色树皮的樟子松交织分布，构成祖国最北部的茫茫林海。

③ 山体花岗玄武岩，黄岗梁山高峰巅：山

体花岗玄武岩，指大兴安岭的山体主要由花岗岩组成，其次是玄武岩，面积约占总面积的 40% 左右；黄岗梁山高峰巅，指大兴安岭的最高峰黄岗梁山海拔 2034 米，也是东北地区的第二高峰，位于西南边界上的克什克腾旗。

④ 两江分水九河唱，游龙戏水天地宴：两江分水九河唱，指大兴安岭是黑龙江和嫩江的分水岭；西北坡有黑龙江上游水系——额尔古纳河、额穆尔河、海拉尔河等，东南坡有——甘河、诺敏河、雅鲁河、绰尔河、霍林河、洮儿河等，其中大部分是嫩江的支流。游龙戏水天地宴，指大兴安岭的山体很美，如从空中鸟瞰，犹如游龙戏水，起伏蜿蜒，山体北宽南窄。

小兴安岭

小兴安岭红松乡，
林都伊春绿海洋。①
低山丘陵富地矿，
森林繁茂百花香。
黑龙松花分水岭，
岩石山体明界庄。②
火山喷发群丘在，
五大连池景观壮。③

2010 年 9 月 16 日，于黑龙江省五大连池市。

---

① 小兴安岭红松乡，林都伊春绿海洋：小兴安岭红松乡，指小兴安岭森林资源丰富，

素有"红松故乡"之称；林都伊春绿海洋，指伊春市地处黑龙江省东北部小兴安岭腹地，行政区划面积 32900 平方公里，人口 132 万，森林覆盖率 84.5%，素有"中国林都""红松故乡"之美誉。

② 黑龙松花分水岭，岩石山体明界庄：黑龙松花分水岭，指小兴安岭是黑龙江与松花江的分水岭；岩石山体明界庄，指小兴安岭，岩石组成以铁力——嘉荫一线为界，以南主要是片岩和花岗岩，以北主要是砂砾岩、页岩和玄武岩。

③ 火山喷发群丘在，五大连池景观壮：火山喷发群丘在，指在西部有几个火山群：德都五大连池火山群，有 14 个火山点；科洛火山群，有 55 个火山点；克什火山群，有 3 个火山点；尖山火山群等。五大连池景观壮，指这些火山群是第四纪以来形成的。其中五大连池火山群最年青，素有"火山博物馆"之称，1720 年老黑山、火烧山喷发，熔岩流堵塞了讷莫尔河支流，形成五个串珠状堰塞湖，称为"五大连池"，它是我国第二大

火山堰塞湖；5个湖泊如同一串闪光的珍珠，与14座端庄宁静的火山交相辉映，还有矿泉，使得五大连池的风光，兼备山秀、石怪、水幽、泉奇四大特色。

东北大平原

五江冲积广平坦，
水网发达富资源。①
白山黑水大平原，
土地肥沃育丰产。②
高粱玉米大豆香，
小麦甜菜粮仓满。
璀璨明珠人宜居，
时代大业代代添。

2010 年 9 月 17 日，于黑龙江省大庆市。

---

① 五江冲积广平坦，水网发达富资源：指
东北平原主要由辽河、松花江、嫩江、乌苏
里江等江河冲积而成，大部分在海拔 200 米以下，宽广平坦，坡度很小，只有长春附近松辽分水岭处地势稍高，海拔200至250米；分水岭以南称辽河平原，以北称松嫩平原。

② 白山黑水大平原，土地肥沃育丰产：指东北大平原地处东北地区的中部，它包括三江平原、松嫩平原和辽河平原，东、西、北三面环山，北起嫩江中游，南至辽东湾，南北长约1000公里，东西最宽处约400公里，面积约35万平方公里，约占东北地区总面积的28%；东北平原地区土地肥沃，水网发达，盛产玉米、大豆、春麦、高粱、甜菜等作物，是著名的"粮仓"和畜牧基地。

东北大地壮河山

一面临海三面山，
马蹄形环抱平原。①
三省四盟缘地理，
六个区域地貌显。②
水土气候成体系，
富饶宝地多港湾。
绿洲绵延三千里，
浩翰森韵壮河山。

2010年9月19日，于黑龙江省哈尔滨市。

_____

① 一面临海三面山，马蹄形环抱平原：一面临海三面山，指东北大地的南面临渤海和黄海，北面是小兴安岭，西面是大兴安岭，

东面是长白山；马蹄形环抱平原，指在三面群山内部，紧连着平缓的山前丘陵地带或阶地，最里面是东北大平原，它包括松嫩平原、三江平原和辽河平原，是我国最著名的三大平原（东北、华北和长江中下游平原）中面积最大的平原，南北长 1000 多公里，东西宽 400 多公里，总面积 35 万平方公里。

② 三省四盟缘地理，六个区域地貌显：三省，指辽宁省、吉林省、黑龙江省；四盟，指内蒙古东部的呼伦贝尔盟、兴安盟、哲里木盟、昭乌达盟；六个区域地貌显，指东北地貌多种多样，有山有水，有内陆又有海洋，有丘陵、阶地、高平原，还有平原、低地、谷地、河漫滩、海岛等，是我国一个比较完整而相对独立的自然地理区域。

长白山天池

十六山峦悬崖耸，
平湖如镜高峰映。
崇山峻岭镶翠玉，
水光潋滟碧波莹。
春夏秋冬各风韵，
晨昏时雨幻无穷。
曾有仙女来此浴，
偷吃仙果孕男婴。①

2010 年 9 月 21 日，于吉林省长春市。

---

① 曾有仙女来此浴，偷吃仙果孕男婴：清朝满族以长白山为祖宗发祥地。传说，天上有三位仙女姐妹来到长白山天池洗浴，三女

因偷吃神鹊衔来的红果而怀孕，不能升天；后来生了一个体魄奇伟的男孩，取名爱新觉罗·布库里雍顺。

鲁西大地雄风展

黄河之滨大平原，
鲁西腾飞新发展。
古今神韵唱英雄，
革命老区精神传。
城乡建设展英姿，
五谷飘香瓜果甜。
和谐文明宜居地，
科学创新铸家园。

2012 年 4 月 13 日，于山东省聊城市。

登泰山

年逾八十登泰山，
胸怀壮志步履健。
岱庙三门万仙楼，^①
天梯倒挂十八盘。^②
天街碧霞玉皇顶，^③
岗体绿装清水甜。
旭日东升岩松挺，
国泰民安谱新篇。

2012 年 4 月 20 日，于泰山玉皇顶。

---

① 岱庙三门万仙楼：三门，指一天门、中
天门、南天门。

② 天梯倒挂十八盘：十八盘是登泰山路上

最为险峻、最为壮观的一段，"紧十八，慢十八，不紧不慢又十八"，三段十八盘，石阶 1600 条级，长不足一公里，但垂直高度却超过 400 米。

③　天街碧霞玉皇顶：碧霞，即大观峰，其南北壁立如削，题词遍布。

凉山彝族自治州

云贵川藏中心点，
西南边陲必经关。
茶马古道丝绸路，
泸沽湖畔伊甸园。
经贸物资集散地，
能源富集米粮川。
卫星发射看西昌，
金沙大渡拥凉山。

2012年5月28日，于四川凉山彝族自治州首府西昌市。

万峰林

磅礴千里气势雄，
众兵列阵集群龙。
峰上有峰峰中洞，
峰上有寨寨上峰。
山奇石美地缝绝，
明河暗流连天坑。
峰水村田溶一体，
布寨八音歌声浓。

2012 年 6 月 8 日，于黔西南布依族苗族
自治州首府兴义市。

过黔东南州

八百公里大环线，
三十三族建家园。
五里村庄十里镇，
吊脚小楼星光点。
苗岭雷山风情韵，
民族团结同心干。
羊肠小道变高速，
人民生活在改善。

2012 年 6 月 9 日，于贵州省雷山县。

都匀

剑江之源斗篷山，
原始生态归自然。
石板街上银匠铺，
二百古桥都匀建。
布依苗族自治州，
黔南首府博物馆。
江畔广场起歌舞，
大节小节飞歌欢。

2012 年 6 月 9 日，于黔南布依族苗族自
治州首府都匀市。

椰林

琼岛风光椰树林，
防风固土海畔荫。
树长八年结硕果，
全身是宝玉液纯。
东郊椰子半海南，
五大品种传承新。①
一年四季花盛开，
椰林寨里长寿人。

2014 年 3 月 23 日，于海南省三亚市椰
林寨。

———————————————————

① 五大品种传承新：五大品种指红椰、青
椰、高椰、水椰和良种短椰。海南种椰子树

已有 2000 多年历史，椰子树一般高 25 米以上，树龄八年开始结果。椰子一年四季花开落，花开自受精，十二个月结果。一棵树结果 80 ～ 120 个，秋天是收获的旺季。

草原深秋

茫茫秋色黄金波，
群群牛羊赛银窝。
蒙马雄风草原情，
五畜兴旺胜典说。
四通八达天地阔，
矿山工厂新镇多。
风力火电通万家，
幸福生活人民乐。

2014 年 9 月 25 日，于内蒙古自治区锡
林郭勒盟西乌珠穆沁旗。

草原明珠

天然草原堪优良，
美丽富饶大牧场。
珍稀良草三百种，
锡林河水水流长。
马背家园千古颂，
人马情缘万古唱。
绿色生态益健康，
三山拥抱固国防。①

2014 年 9 月 26 日，于内蒙古自治区锡
林郭勒盟锡林浩特市。

---

① 三山拥抱固国防：三山，指阴山、燕山
和兴安岭。

蒙古马

草原扎营蒙古马，
抗病耐寒力气大。
长途跋涉耐力好，
勇猛无比善冲杀。
马背民族爱骏马，
精骑善射冠军拿。
嫁娶迎新骑骏马，
人马合一响天下。

2014年9月27日，于"中国马都"内蒙古自治区锡林郭勒盟。

北疆绿星集宁

京包集二交汇点^①，
四通八达交通线。
五大名山披绿装^②，
霸王河水绕城转。
老城依然在发展，
军队营盘新城建。
中国薯都花海香，
园林城市丽河山。

2014 年 10 月 6 日，于内蒙古自治区乌兰察布市集宁。

---

① 京包集二交汇点：京包，指北京、包头；集二，指集宁、二连浩特。

② 五大名山披绿装：五大名山，指福寿岗火神脑包山、老虎山、白泉山、卧龙山、铁军山。

晋山晋水艳阳天

三大单元紧相连①，第二阶梯位东沿。
三山四水地势险②，南北走廊通中原。
大陆季风中温带，现代交通经济繁。
承东启西架桥梁③，三晋大地更灿烂。

2014年10月23日，于山西省太原市。

---

① 三大单元紧相连：三大单元，指山西省处于华北平原与内蒙古高原、黄土高原三大自然单元之间，自东南向西北自然景观带由半湿润地区向半干旱地区过渡、由暖带森林带向暖带森林草原与干草原过渡、农业带分布由农业区向半农半牧区过渡的特点。

② 三山四水地势险：三山，指太行山、吕

梁山、中条山；四水，指黄河、汾河、滹沱河和桑干河。

③ 承东启西架桥梁：承东启西，指山西省为内陆中部省份，既不沿海，又不沿边，但又和沿海、沿边省区及中西地域相连，成为连接内陆与沿海的通道、沟通东部和西部的桥梁。在中国区域经济的联系和发展中，山西又处于东部经济发达地区和西部欠发达地区连接部的特殊位置，展现出其承东启西的重要作用。

滨州

左挽黄河右抱海，
大地回春百花赛。
四环五海生态城， ①
粮丰林茂石油采。
三十六桥雄姿奇，
七十二湖多情怀。
渤海老区贡献大，
革命创新一代代。

2015 年 3 月 25 日，于山东省滨州市。

---

① 四环五海生态城：四环，即环城道路、
环城水系、环城绿带、环城景观；五海，

指在滨城区内现状涝地整治建设而成的中海
（天）、西海（地）、北海（人）、南海（情）、
东海（水）五个大型库湖。

新县

红色革命育人才，
四百英雄老将帅。
鄂豫皖苏首府地，
人民战争大气概。
英勇无畏钢铁志，
临危不惧壮情怀。
绿色革命新长征，
优良传统福万代。

2015 年 4 月 18 日，于河南省新县。

许昌

曹魏故都立体防，
三国演义大篇章。
三河会师水韵情，
区位交通优势强。
绿色产业高智慧，
经济发展富城乡。
文明城市宜居地，
中原之中看许昌。

2015 年 4 月 23 日，于河南省许昌市。

中国最早的女将军妇好

带兵打仗功名显，
主持大典威风然。
才貌出众女将军，
甲骨铜鼎铸铭传。
如今游人来参观，
时空隧道三千年。
墓穴文物映辉煌，
殷墟文化留史篇。

2015 年 4 月 28 日，于河南省安阳市。

希拉穆仁草原

蓝天绿地白鸽帐，
牧人迎客旅游忙。
辽阔草原任驰骋，
奶茶飘香歌声亮。
革新理念时代唱，
富民政策国力强。
四蹄不算千万款，
宽裕小康幸福乡。

2016 年 9 月 2 日，于内蒙古自治区达茂
旗希拉穆仁草原。

黄河沙漠奇迹多

飞跃天险过黄河，
乘着火车越沙漠。
马术表演真功夫，
大漠沙丘绿洲国。

2016 年 9 月 4 日，于内蒙古自治区托克
托县神泉。

河套平原

阴山南麓黄河岸，
镶嵌大地如玉扇。
母亲河水年复年，
三百湖泊天姿展。
渠道纵横如棋盘，
千里平原米粮川。
巴彦淖尔防护林，
八百绿洲赛江南。

2016 年 9 月 9 日，于内蒙古自治区巴彦
淖尔市临河。

阿拉善过中秋

恰逢中秋阿拉善，
天宫二号冲云端。
耄耋依旧高原情，
喜看大漠镶绿边。
沙业兴起促发展，
生态环境别有天。
军地奋战担使命，
绿色革命富民安。

2016年9月15日，于内蒙古自治区阿拉善左旗巴彦浩特镇。

南海

天涯海角三亚湾，
四大群岛列在前。①
四面环水海南岛，
热带雨林五指山。
走进深蓝有礁盘，
海洋国土建家园。
浩瀚南海碧如洗，
乘风破浪使命担。

2017年1月1日，于海南省三亚市太阳湾。

---

① 天涯海角三亚湾，四大群岛列在前：天
涯海角，即指海南岛；海南岛有十八角，最
著名的是位于三亚湾的天涯海角。四大群岛，即指南海的东沙群岛、西沙群岛、中沙群岛、南沙群岛等岛礁及周围的南海海域。美丽的中国陆地有960多万平方公里，有海洋国土300多万平方公里，其中南海210万平方公里。

游人船

千船竞发游海湾，

彩船各异三百三。

热带港岸风景美，

四季常青百花艳。

鹿山凤岛两相迎，①

南海口上石油钻。

八方游客聚天涯，

欢天喜地庆丰年。

2017 年 2 月 11 日元宵节，于海南省三亚市中国海警码头。

---

① 鹿山凤岛两相迎：鹿山，指鹿回头山；凤岛，指凤凰岛。

绿色宝岛

四面环水陆地饶，
中高周低十八角。①
四季常青万绿园，
热带水果南药妙。
海洋大省邻五国，②
建护南海士气高。
四沙要道八百岛，
海港空港大陆桥。

2017 年 2 月 18 日，于海南省三亚半岛
龙湾中国渔政码头。

———————————————————

① 中高周低十八角：十八角，指感恩角、
鱼鳞角、四更沙角、峻壁角、观音角、兵马角、

临高角、天尾角、海南角、抱虎角、铜鼓角、大花角、陵水角、竹湾下角（业龙角）、锦母角、鹿回头角、南山角、天涯海角。

② 海洋大省邻五国：我国在海上与8个国家相邻，其中与菲律宾、马来西亚、文莱、印度尼西亚、越南五国以南海为邻。

六

大爱无疆

(4)

七言诗选

423

庆祝中华人民共和国
成立四十周年

七一上海把党建，
革命红旗迎风展。
二十八年卓绝战，
武装推翻三座山。
十一北京庆建国，
屹立东方耀宇寰。
中华大地四十立，
丰功伟绩世人观。

1989 年 10 月 1 日，于北京天安门。

庆祝党的十四大隆重召开

1992 年 10 月 12 日至 19 日，中国共产党第十四届全国代表大会在北京人民大会堂隆重召开。在这次大会上，作者当选为中央委员。

两千代表聚会堂，
民主产生党中央。
人民信任重担挑，
当选中委知分量。
改革开放迈大步，
艰苦奋斗奔小康。
社会主义灯塔明，
亿万军民心向党。

1992 年 10 月 19 日，于北京人民大会堂。

告慰

一别莘县四十年，
南征北战不离鞍。
崇敬瞻仰英烈墓，
四海情谊满心间。
鲁西大地埋忠骨，
激励后人保江山。
今日回忆革命路，
告慰先烈志向前。

1987 年 8 月 1 日，于山东省莘县鲁西北革命烈士陵园。

洪水无情人有情

　　华南发水，灾情严重，向灾区捐款和衣物，略表寸心。

长江南北洪水泛，
苏皖豫鄂灾情险。
全国军民闻声动，
鼎力相助齐奉献。
领导干部一线上，
共产党员做模范。
洪水无情人有情，
社会主义优越现。

1991 年 7 月 18 E ，于北京西山。

为青峰寺烈士纪念馆落成而作

四月川南翠倾城，
万余赤子聚青峰。
无言痛悼敬英烈，
泪打衣襟似重逢。
语出肺腑忆往事，
承前启后表衷情。
渴望来人怀壮志，
奋建江安再飞腾。

1993 年 4 月 22 日，于四川省江安县。

社会主义好

一月环球十万里，
五光十色收眼底。
社会主义就是好，
制度优越世无比。
和平发展大趋势，
社会经济日新异。
基本路线不动摇，
奔向未来新世纪。

　　1994 年 4 月 23 日，于新加坡飞往广州
的航班上。

寄语家乡

莘野古地历千年，
沧海桑田跃翩跹。
伊尹有灵疑是梦，
王旦在朝难纪圆。
政通人和乾坤固，
丰衣足食喜空前。
鸿雁传情寄一语，
家乡人民岁福安。

1997年3月9日，于北京西山。

丰碑

平津决战绽光辉，
革命先烈万古垂。
功勋伟业终难忘，
梦思情系盼魂归。
胜利广场迎胜利，
丰碑塔上筑丰碑。
追溯历史慰英烈，
昭示后人励有为。

1997 年 7 月 23 日，于天津市平津战役
纪念馆。

人民幸福万年长

为庆祝中国共产党第十五次全国代表
大会胜利闭幕而作。

伟大理论旗高扬，
社会主义日月长。
世纪工程大是定，
继续攀登征途长。
万众向党聚民心，
百川入海水流长。
民族腾飞国强盛，
人民幸福万年长。

1997 年 9 月 18 日，于北京人民大会堂。

奇丐兴学百世芳

莫道冠县名不响，
清出二杰传四方。
农民领袖宋景诗，^①
起义历史留篇章。
千古奇丐赞武训，^②
行乞兴学百世芳。
尊师重教感后人，
教育为本能兴邦。

1999 年 5 月 12 日，于山东省冠县。

---

① 农民领袖宋景诗：宋景诗，现冠县刘贯
庄人，清末农民起义领袖。

② 千古奇丐赞武训：武训，堂邑县（今冠县）

武庄人。21 岁开始行乞集资办学，清廷将其业绩宣付国史馆立传，并为其修墓、建祠、立碑。

银滩漫步思台湾

北部湾畔灯塔闪，
海滩轻沙浪绵绵。
滩白水净无鲨鱼，
喷泉潮曲乐无边。
日兴水暖怡绿岸，
气候温和润新然。
浪排潮涌沐海风，
银滩漫步思台湾。

2001 年 3 月 24 日，于广西壮族自治区北海市银滩。

友谊关

中越友谊世代先，
八易其名为相安。①
古城古炮百隘口，②
自古要道友谊关。
战士守卫边防线，
雄伟险峻金鸡山。
物资交流边贸市，
公民往来情谊添。

2001 年 3 月 28 日，于广西壮族自治区
凭祥市友谊关。

---

① 八易其名为相安：友谊关曾称雍鸡关、
鸡陵关、界首关、大南关、镇夷关、镇南关、

睦南关、友谊关。

② 古城古炮百隘口：指凭祥大连城和龙州小连城。百隘口，中越边境广西段旧有三关、六十四隘、五十八垒。

贺我国首次载人
航天飞行圆满成功

嫦娥奔月神话传，
千年一梦今日圆。
长箭冲天展大鹏，
神舟遨游绕宇寰。
科技攻关沥心血，
勇士砺练攀精尖。
团结协作集智慧，
华夏豪情壮九天。

2003 年 10 月 16 日，于北京。

中国宝岛台湾

人心思归众志愿，

祖国大业世界观。

台湾宝岛属华夏，

人民江山神圣权。

一国两制先港澳，

和平统一大道宽。

军事斗争从全局，

文功武备保江山。

2004 年 4 月 2 日，于福建省厦门市。

走访艾弗里德家①

青山环抱草牧场，
沃尔夫冈湖畔唱。
农家庭院田园景，
黑顶白窗鲜花放。
夫妇四子劳动乐，
四万欧元来补偿。
天伦之福谁能比，
睡美人儿远远望。

2006 年 10 月 12 日，于奥地利沃尔夫冈市斯特洛尔镇。

---

①走访艾弗里德家: 2006 年 10 月 12 日上午，我们走访了艾弗里德家。艾家共 6 口人，除

夫妇外，还有 4 个儿子。养了 28 头牛，其中奶牛 17 头，小牛 11 头，年上交奶 5.5 万公升。如多交，每公升按三分之一罚款，交得越多罚得越重。这个家庭有三层木屋，顶层出租，现有两位老人住着，正在门前晒太阳。全家各项收入 40 至 50 万先令（1 欧元等于 13.076 先令），约合 4 万欧元。这家在该村算是比较富的，房屋比别的家也好些，全家 6 人都是好劳动力。这里属沃尔夫冈市斯特洛尔镇，该镇有 3000 人，是个旅游的好地方。

警示牌

战争狂人侵掠财，
两次大战自身埋。[①]
以血醒民跪谢罪，
柏林墙倒警示牌。[②]
阴魂不散拜神社，
霸权主义劣根胎。
捍卫和平使命重，
和谐发展向未来。

2006 年 10 月 15 日，于德国首都柏林市。

---

① 战争狂人侵掠财，两次大战自身埋：两
次大战，指 1914 年 6 月 28 日至 1918 年 11
月 11 日第一次世界大战和 1939 年至 1945

年的第二次世界大战，两次战争都是德国发动的，都以失败告终。

② 以血醒民跪谢罪，柏林墙倒警示牌：第二次世界大战后，盟军对德国实施军事占领，美英法占领德国西部和柏林市的西部，苏军占领德东部和柏林市的东部。1948 年柏林被分为东、西两部分，东部属德意志民主共和国，西部为德意志联邦共和国。1961 年 8 月 13 日，东德为了制止公民自由外流和防止西方的"渗透"及其他非法活动，开始在柏林的边界地段筑墙，至 1979 年，筑水泥板墙 104.5 公里，水泥墙 10 公里，铁丝网 55 公里，俗称"柏林墙"。柏林墙设有瞭望台 253 个，碉堡 136 个，警犬桩 270 个，铁栅栏 125.5 公里，一触即发的信号巡逻道 123.5 公里，防车壕 108 公里。

1989 年东德局势剧变。当年 11 月 7 日，民主德国部长集体辞职。次日，执政的德国统一社会党政治局集体辞职。9 日晚，成千上万的东柏林市民涌向柏林墙。不久，民主德国政府决定开放柏林墙。

保护大自然

北极圈里拉普兰，
斯康纳地大平原。
昼夜分明北极光，
风景秀丽季节变。
热爱自然如信仰，
亲近自然高于天。
清新空气洁水源，
精心保护大自然。

2006 年 10 月 29 日，于瑞典首都斯德哥尔摩市。

莘莘学子出状元

莘州大地历千年，
人民勤劳又勇敢。
六位宰相九尚书，
莘莘学子出状元。
艰苦奋斗跟党走，
抗日战争小延安。
发扬革命好传统，
拥军优属模范县。
与时俱进创伟业，
和谐社会做贡献。

2007 年 5 月 19 日，于北京人民大会堂。

中华奥运情

于第29届奥林匹克运动会开幕式现场有感而作。

五环圣火世界扬，
和平发展时代唱。
海纳百川聚宾朋，
中华崛起创辉煌。
百年盛会传友谊，
各国风采现东方。
文明和谐东道主，
众志成城铸华章。

2008年8月8日，于北京国家体育场。

人面子树①

高大乔木叶互生，
挺立热带雨林中。
扁圆果核五官现，
恰似人面俊小生。
喜阳喜湿土壤酸，
抗寒抗风空气净。
前人植树后人享，
造福人民义务行。

2009 年 2 月 16 日，于广东省湛江市湖
光岩。

_____

① 人面子树：今天在湛江市湖光岩种下一
棵人面子树，别名叫"银莲果"。该树多生

长在热带地区的森林中，树高 20 至 30 米，叶子光滑无毛，果子圆形，直径 2 厘米，黄绿色，其表面有五个软刺，成熟后脱落，果内有扁的硬核，核的表面有五个大小不同的眼，看起来好像人的脸，所以叫人面子。

汶川铸大爱

万米震源石花开，
地裂山飞岷江塞。
羌寨汶川起瘴烟，
古镇映秀遭大灾。
众志成城战艰险，
物资如流八方来。
喜见新城正崛起，
民族之魂铸大爱。

2009 年 11 月 10 日，于四川省汶川县映秀镇。

国门变迁

俄修铁路到我乡，
国界立根小木桩。①
木质模型中苏门，
俄占小站十八乡。②
铁木小桥检查站，
横跨两轨看车辆。③
国徽镶嵌正上方，
国门雄伟立北疆。④

2010 年 9 月 1 日，于内蒙古自治区满洲里市。

---

① 俄修铁路到我乡，国界立根小木桩：满洲里第一代国门建于 1900 年，当时由俄国

人承修的西伯利亚铁路铺入我国境内，进入我国后改称"东清铁路"。两国间的最初界线标志是在铁路左侧竖立一根木桩，木桩上用俄文书写"萨拜喀尔省铁路交界"字样。铁路右侧另竖一根木桩，上面钉有双头鹰图形，位置在现在后贝加尔斯克以西的马赤也夫斯克附近，距后贝加尔斯克七公里。由于木桩设在两国边界处，人们习惯称之为"国门"。

② 木质模型中苏门，俄占小站十八乡：第二代国门建于1920年，当时中苏两国界线实际上已经从马赤也夫斯克附近南移到十八里小站，现为后贝加尔斯克。第二代国门形状为木质拱型门，门额上方用中文书写"中苏门"字样，其具体位置在后贝加尔斯克车站对面的苏方边防检查站院内，距现在的边境线约300米。1929年苏方将十八里小站单独占领，"中苏门"于1949年被苏联方面拆除。

③ 铁木小桥检查站，横跨两轨看车辆：第三代国门原本是检查桥，也称栈桥，横跨宽、

准轨铁路，修建于 1968 年。当时中苏两国关系较为紧张，满洲里作为"反修、防修"的前沿，多年处于"备战"状态。该桥是铁木结构，主体用铁轨焊接而成，桥身漆为绿色，西侧的护栏镶嵌着木板，正上方嵌有醒目的红色标语"全世界无产者联合起来"十个大字。桥身的两侧各有一架铁梯，缘梯而上可以站在桥上俯视过境车辆，因该桥状似"大门"，是口岸铁路的门户，故人们习惯地称之为"国门"。

④　国徽镶嵌正上方，国门雄伟立北疆：第四代国门建于 1989 年，建筑面积 774.5 平方米，高 12.8 米，宽 24.45 米。外表用 2000 多块 0.5 平方米的青灰色花岗岩石板镶嵌而成。国门上方悬挂着直径为 1.8 米的国徽，并书有"中华人民共和国"七个红色大字，国门下方有宽、准轨铁路各一条通过。国门北侧是原公路口岸，满洲里新公路口岸建成后，原公路口岸停止使用。目前，由于中俄两国货运量逐渐增加，在增铺铁路宽轨复线时，于 2007 年将第四代国门拆除。

自然保护区

呼中汗马两区连，^①
原始森林大自然。
清凉无染立地古，
地形起伏中低山。
季风气候寒温带，
百河穿流珍奇全。
针叶林土永冻层，
林海树浪天地安。

2010 年 9 月 10 日，于大兴安岭地区加
格达奇呼中国家级自然保护区。

---

① 呼中汗马两区连：指黑龙江呼中国家级自
然保护区与内蒙古汗马自然保护区全线相邻。

木刻楞里话真情

庭院长方三亩整，
扎栏木墙围成城。
五间正房北开门，
精选树木百年松。
主人纯朴全家迎，
瓜果列巴农家风。
百亩大豆又丰收，
木刻楞里话真情。

2010 年 9 月 12 日，于黑龙江省漠河县北极村。

为莘县将军希望小学而作

春雷一声惊四海，
慕名学子五洲来。
播撒桃李三千圃，
一地芳菲汗水栽。
博览群书精学业，
勇攀高峰育俊才。
宏伟大业有承传，
他日放歌高奏凯。

2010 年 10 月 15 日，于山东省莘县。

热烈庆祝中国共产党
成立九十周年

立党为民覆三山，
建国兴业新纪元。
卫星高奏东方红，
凯歌冲破九重天。
先辈创业垂青史，
后人奋起铸江山。
任重道远康庄路，
九十华诞新起点。

2011 年 7 月 1 日，于北京人民大会堂。

贺中星 2A 发射成功

卫星发射礼台观，
夜空如昼明月灿。
惊雷一声烈焰腾，
中星二号入云端。
航天科技大发展，
中国卫星傲蓝天。
神秘宇宙无疆土，
国防强大人民安。

2012 年 5 月 26 日，于中国西昌卫星发射基地观礼台。

贺"神九"航天员胜利凯旋

艰难岁月科技攻，
宇宙唱响东方红。
嫦娥岁月千年梦，
箭冲云霄展大鹏。
"神九"航天三人行，
遨游太空攀高峰。
团结协作集智慧，
中华崛起辉煌成。

2012 年 10 月 10 日，于北京市南池子。

迎新春

华夏大地春风唱，
优良传统大发扬。
领袖将士潮头立，
时代风采奏乐章。
改革整军出精兵，
人民军队忠于党。
清风严纪保国志，
富国强军打胜仗。

2016年1月28日，于中国剧院中央军
委慰问驻京部队老干部迎新春文艺演出现场。

图书在版编目（CIP）数据

李来柱诗记：全四册 ／ 李来柱著． —— 北京：中国青年出版社，
2018．6
ISBN 978-7-5153-5184-1

Ⅰ．①李… Ⅱ．①李… Ⅲ．①诗集－中国－当代
Ⅳ．① I227
中国版本图书馆 CIP 数据核字 (2018) 第 124475 号

制作出品：小众书坊
责任编辑：彭明榜
书籍设计：孙初＋叶子秋

中国青年出版社 出版 发行
社址：北京东四 12 条 21 号
邮政编码：100708
编辑部电话：(010) 64011190
北京科信印刷有限公司印刷　　新华书店经销

710mm×1000mm　1/16　111.25 印张　670 千字
2018 年 7 月北京第 1 版　2018 年 7 月北京第 1 次印刷
定价：288.00 元（全套四册）